THE ADVENTURES OF TOM SAWYER

★美國文學之父經典名作★

湯姆歷險記

馬克・吐溫——著　鄧秋蓉——譯

晨星出版

閱讀

馬克・吐溫

◢ 馬克・吐溫 1873 年的英姿。

◢ 美麗的奧莉薇亞・蘭頓（Olivia L. Clemens）是馬克・吐溫最珍愛的妻子。

生活中的馬克・吐溫

◢ 馬克・吐溫笑稱：「我每天都在戒煙」，但他喜好抽菸的程度眾所皆知。

◢ 馬克・吐溫每天閱覽無數的資訊，是一個極有想法的人。

◢ 這是馬克・吐溫 70 歲林中前留下的最後一張照片，葬於紐約艾蜜拉。

▲ 馬克・吐溫全家福照。

馬克・吐溫美滿的家庭

馬克·吐溫的長女「蘇茜」。

馬克·吐溫的二女「克拉拉」。

馬克·吐溫的三女「珍」。

馬克・吐溫居住地

◢ 馬克・吐溫一家人的避暑山莊「柯利農莊主屋」，位於紐約艾蜜拉山丘。

◢ 自 1874 年馬克・吐溫在這間位於科羅拉多州的「哈特福德」豪宅待了整整 17 年。

◢ 讚揚馬克·吐溫幽默一級棒的漫畫。

◢ 神氣的馬克·吐溫。

漫畫世界裡的馬克·吐溫

◢ 愛抽煙的樣子。

◢ 幽默的馬克·吐溫。

馬克·吐溫的眞跡

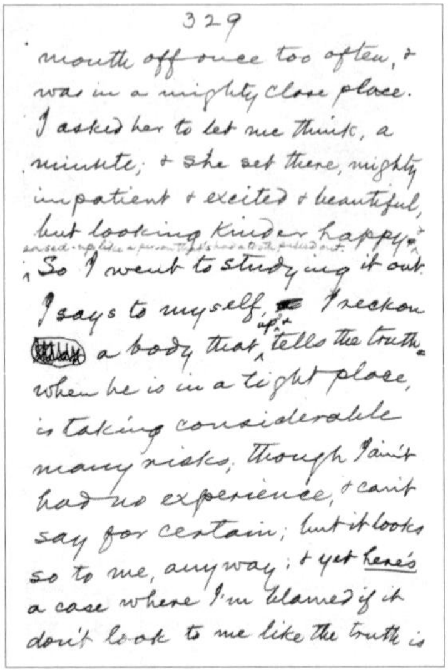

329

mouth off once too often, &
was in a mighty close place.
I asked her to let me think, a
minute; & she set there, mighty
impatient & excited & beautiful,
but looking kinder happy and eased-up like a person that's had a tooth pulled out.
So I went to studying it out.
I says to myself, I reckon
a body that ups & tells the truth
when he is in a tight place,
is taking considerable
many risks, though I ain't
had no experience, & can't
say for certain; but it looks
so to me, anyway; & yet here's
a case where I'm blamed if it
don't look to me like the truth is

▲ 馬克·吐溫手稿。

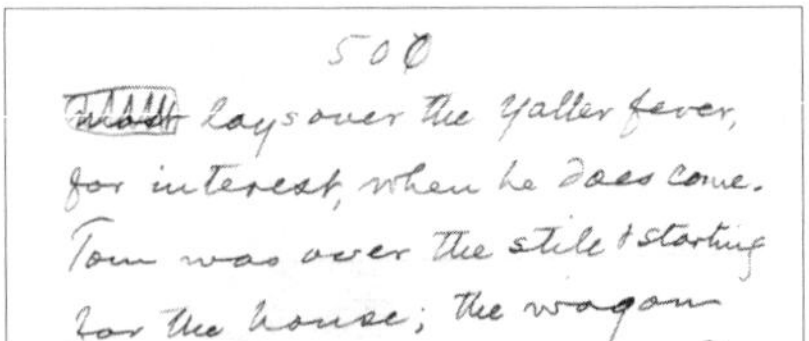

500

lays over the yaller fever,
for interest, when he does come.
Tom was over the stile & starting
for the house; the wagon
was spinning up the road
for the village, & we was
all bunched in the front
door. Tom had his store
clothes on, & an audience — &
that was always nuts for Tom
Sawyer. In them circum-
stances it warn't no trouble to him to throw
in an amount of style that
was suitable. He warn't a boy
to meeky along up that yard
like a sheep; no, he come
ca'm & important, like the ram.

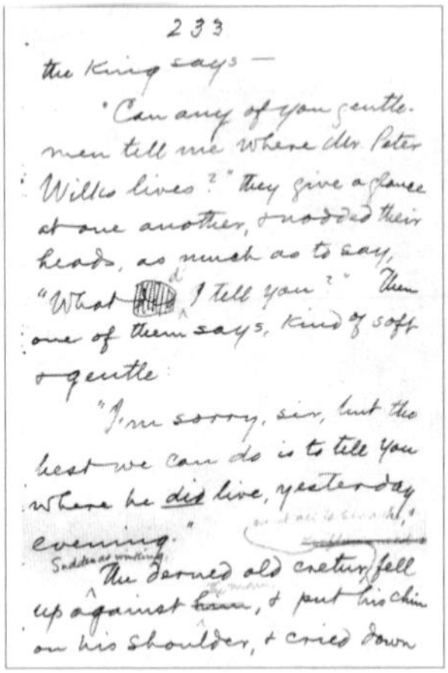

233

the King says —
"Can any of you gentle-
men tell me where Mr Peter
Wilks lives?" They give a glance
at one another, & nodded their
heads, as much as to say,
"What d' I tell you?" Then
one of them says, kind of soft
& gentle:
"I'm sorry, sir, but the
best we can do is to tell you
where he did live, yesterday
evening."
The derned old cretur, fell
up against the man, & put his chin
on his shoulder, & cried down

◢ 馬克・吐溫在世最後一天因為無法說話於是用畫筆寫下了：「Bring me spectacles, glass pitcher」。

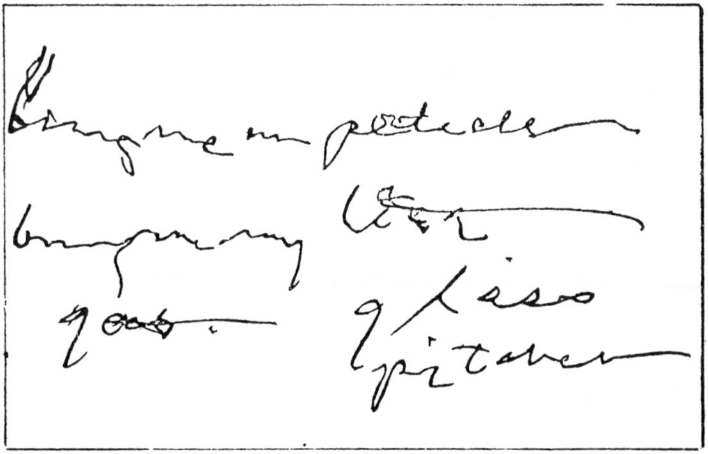

開創幽默文學的一代宗師——馬克・吐溫

一、幽默諷刺的文學作家

◆早期的風光愜意：

一八七〇年至一八九〇年，35歲至55歲時，是馬克・吐溫的黃金時期。他被認為最具美國本色的作家，是因為他的作品中，富有社會正義感，充滿著生之喜悅、冒險、進取、輕快、幽默，對舊的文化不敬，嘲笑傳統和假正經，一言以蔽之，他是最代表美國民主精神的作家，被人們尊稱為「文學的林肯。」

◆晚期的悲哀憤俗：

馬克・吐溫從出版自己作品所得的利益，創設了這個出版公司，可是九年之後，這個公司卻倒閉了。54歲時，為了痛貶中世的貴族制度和騎士道德精神，出版了一本名叫「康乃狄格的美國人往阿薩王宮廷去」的書。56歲時，因自己試製一種排字機器，完全失敗，一下虧折了二十萬美元，而出售哈特福德的房子，一家人前往歐州。59歲時，他的出版公司倒閉，

宣佈破產。

二、文豪的甜蜜家庭

馬克．吐溫在他的生涯裏，得到過無數的讚譽，但卻沒有任何一篇讚譽，能比女兒蘇茜的這些文字，她的「父親傳記」中的一字一句，都仍然像過去一樣的打動著馬克．吐溫的心靈。

三、馬克吐溫筆下的頑童湯姆：

「湯姆歷險記」是一部很有趣的頑童故事，一篇文學名作，也是兒童文學中很寶貴的一篇作品，由於他內在幽默感的驅使，以及坦率個性所使然才使他寫出了那樣真摯美好的作品，也使得他的作品特別給人一種很有份量的真實感。馬克．吐溫憎恨虛偽、做作、欺悔壓制弱者的行為，及權威的精神，在他的作品中披露無遺。

人們在湯姆和哈克身上的確感受到了美國向西部擴張拓殖時期千千萬萬普普通通美國人民的心靈的顫動。不滿於現狀，厭惡庸俗保守的生活，厭惡宗教主日學校那一套窒息人的規矩，追求自由、公道的世界，追求友誼，追求黑奴的解放，為此而不怕危險，只要能逃出去，逃出去就是一切：逃出家庭，逃出聖彼得堡鎮，逃到大河之上，去開拓一個新天地。湯姆、哈克、吉姆這樣的精神境界，在某種意義上說，正是十九世紀千千萬萬美國普通人民向西部拓殖時期精神境界的縮影。植根於人民群眾的土壤很深很深的馬克・吐溫捕捉住了這千千萬萬普通人民的憧憬，真切地描繪了出來，從而寫出了十九世紀美國向西部開發時期的奧德賽，以迷人的方式表現了他那個時代的時代精神。

四、馬克吐溫的揮毫大作：

1. 艱苦生涯：1872 年出版

十九世紀淘金熱時期美國西部奇跡般繁榮的寫照。全書由幾個妙趣橫生的小故事構成，喜劇現實的誇張與幽默令人百看不厭。

2. 鍍金時代：1873 年出版

與沃納合著的處女作，主在捕捉內戰後瘋狂的生命情調和迷離的價值觀念。

3. 乞丐王子：1882 年出版

「乞丐王子」是一八七七年開始寫的。故事的主題，是少年們夢想的實現，和隨著現實而來的幻滅及苦悶；懷有夢想的人，往往透過現實的痛苦而得到成長。

4.哈克流浪記：1884年出版

它寫的是人生責任漸漸沉重的青春期，哈克不像湯姆那般輕浮，他有堅強的性格，不畏難，不避責任。這書被稱為美國的「魯賓遜漂流記」。

5.密西西比河上的生活：

寫的一半是馬克．吐溫自己在河上的經歷，一半是這條名河的歷史，是密西西比河的史詩，無論以文學言或歷史言，都是一部不朽之作。

五、馬克吐溫的幽默名言：

1.早來的死訊

有一年愚人節，有人為了愚弄馬克．吐溫，在紐約的一家報紙上報道說他死了。結果，馬克．吐溫的親戚朋友從全國各地紛紛趕來吊喪。當他們來到馬克．吐溫家的時候，只見馬克．吐溫正坐在桌前寫作。親戚朋友們先是一驚，接著都齊聲譴責那家造謠的報紙。

馬克．吐溫毫無怒色，幽默地說：「報紙報道我死是千真萬確的，不過把日期提前了一些。」

2.感受慈悲

美國有一個百萬富翁，他的左眼壞了，於是花了許多錢請人裝了一隻假眼。這演精裝的真好，百萬富翁十分得意，常常在人們面前誇耀。

有一次，他碰到馬克・吐溫就問道：「妳猜得出來嗎？」

馬克・吐溫端詳了一陣，便指著他的左眼說：「這隻是假的。」

百萬富翁萬分驚異，不解地問：「你怎麼知道的？根據甚麼？」

馬克・吐溫十分平靜地回答：「因為你這隻眼睛裡還有一點點慈悲。」

3.習慣不會說話，但卻是你的代言人。

4.年輕而悲觀，是最悲哀的事

5.看在上帝的份上，請不要以我的名字為一個獎項命名。

6.在生活的舞台上，要學著像個演員感受痛苦；此外，也要像旁觀者那樣對你的痛苦發出微笑。

六、馬克吐溫年譜：

1835年出生：十一月三十日，出生於美國西部密蘇里州的佛羅里達城，原名為薩繆爾．克萊門斯（Samuel Langhorne Clemens）。父母原是從南方來的移民，後輾轉搬遷至佛羅里達，父親約翰．克萊門斯遂在此地經營一家雜貨店。

1837年**2**歲：弟弟亨利出生。

1839年**4**歲：十一月，全家從佛羅里達城遷居至密西西比河畔的漢尼伯鎮。馬克．吐溫就是在此度過了他的童年，而密西西比河上的粗獷的水手生涯也在他心中留下不可抹滅的痕跡，奠立了他日後的寫作風格。

1846年**11**歲：父親過世，全家陷入經濟困境。

1848年**13**歲：中途輟學，進了當地的「新聞報」印刷廠當學徒，做了兩年排版工人。

1850年**15**歲：在其兄歐亨利．克萊門斯的印刷廠中，協助編輯「西部聯合報」。並為該報撰寫一些輕鬆小品。

1851年**16**歲：其兄歐亨利．克萊門斯貸款購併「新聞報」，促使報紙發行量大幅成長。然而如此的銷售成績仍不足以維持一家生計。

1853年18歲：離開漢尼伯鎮，出外流浪。往返於聖路易斯、費城、紐約等地，先後在「晚報」、「探索報」、「大眾報」、「北美日報」等印刷廠工作。

1856年21歲：於夏日的一個晚上偶然閱讀了一本關於亞馬遜河的遊記，深受吸引。暗中定下前往探險的決定。

1857年22歲：搭上開往新紐奧良的輪船——「保羅・瓊斯」號，並在船上學習各種航行知識。這是他實現亞馬遜河探險計畫的第一步，後因旅費不足，計畫又告中斷。不過，卻因此升起想當一名領航員的念頭。

1858年23歲：為其弟亨利在船上謀到一份差事，亨利卻在該年六月不幸遇難去世。九月拿到正式領航員執照。

1861年26歲：隨兄赴內華達州。買過一些股票，但真正熱中的是淘金夢。

1862年27歲：淘金夢碎，之後於當地「企業報」擔任新聞記者，為該報撰寫關於礦區的奇聞軼事。

1863年28歲：以馬克・吐溫（Mark Twain）為筆名，持續在報紙上發表文章。「Mark Twain」原為駛船時的術語，原意為「二噚深」，表示能夠行駛船隻的河水深度。

1864年29歲：移居舊金山，靠寫作生涯為生，兼任「企業報」駐舊金山通訊員。

1865年30歲：文章大多取材自礦區，將其聽到的各種趣聞寫成幽默小品。於紐約「周末報」發表了成名作〈卡拉維拉斯著名的跳蛙〉（The Celebrated Jumping Frog of Calaveras County），一時名聲大噪。

1866年31歲：擔任加利福尼亞「聯合報」特約通訊員，曾至夏威夷群島遊覽四個月之久，足跡遍布檀香山、歐洲、中東等地。回國時，並於各地進行公開演講。

1867年32歲：與奧莉維亞·蘭頓一見鍾情。於紐約出版《卡拉維拉斯著名的跳蛙》短篇小說集。

1869年34歲：八月，買下「布法羅快報」三分之一產權，成為知名報社老闆。同年將從事通訊員期間所寫的通訊，編選成《傻子出洋記》（Innocrnts Abroad），出版後大為暢銷，年銷售量高達十萬多冊。

1870年35歲：與奧莉維亞·蘭頓結婚。同年十一月長子蘭頓旋即早產出世。

1871年36歲：進駐康乃狄格州堪稱作家城的高級住宅區——哈特福德市。

1872年37歲：出版《艱苦歲月》（Roughing It），記述早年西行的經驗，詳細描寫了他一生當中最艱苦、最漫長的歲月。長女蘇珊出生，同年長子蘭頓罹病夭折。

1873年38歲：於哈特福德市自建一棟擁有十九個房間的大宅邸，建築設計堪稱一絕，為時人所稱頌。同時與華納合寫《鍍金時代》（The Gilded Age），諷刺金融界與政界當時的腐敗。

1874年39歲：次女克拉拉出生。

1876年41歲：《湯姆歷險記》（The Adventures of Tom Sawyer）一書出版。這本書可說是他童年生活的寫照，而且書中的人物與故事大多是真有其人其事。也因為此書，更加奠定他在美國文壇的地位。

1880年45歲：三女珍出生。

1885年50歲：創辦韋伯斯特出版公司，並出版與《湯姆歷險記》齊名的《頑童流浪記》（The Adventures of Huckleberry Finn）。該書甫問世即獲得如潮好評，使他名垂青史，而且也是最賺錢的一部小說。

1886年51歲：罹患慢性風濕。三月二十二日在發表著名的政治演說〈勞動騎士團——一個新的王朝〉。

1889年54歲：寫成《亞瑟王朝的康乃狄格州美國人》（A Connecticut Yankee in King Arthur's Court），大意是諷刺當時的貴族昏庸愚昧，讚美本土美國人腦筋靈活、機伶聰明。

1891年56歲：第一次學騎自行車。六月，帶著妻子和三個女兒旅居歐洲。

1894年59歲：美國發生全面性的經濟危機。四月十八日，經營十年的出版公司宣告破產，研製多年的排版機器亦失敗，內心遭受嚴重打擊。為了償還債務，不得不重返演講台，開始美國各地的巡迴演講，並出版《傻瓜威爾遜》（The Tragedy of Pudd'nhead Wilson）一書。

1895年60歲：出版《貞德傳》（The Personal Recollections of Joan of Arc）。

1896年61歲：長女蘇珊逝世。

1897年62歲：出版演講集《赤道旅行記》（Following the Equator）。

1900年65歲：出版演講集《敗壞哈德堡人的人》（The Man that Corrupted Hadleyberg）。這年返美居住，受到媒體熱烈報導。

1901年66歲：發表政論〈給在黑暗中的人〉，強烈抨擊當時的帝國主義。獲頒耶魯大學榮譽博士學位。

1902年67歲：獲頒密蘇里大學文學博士榮譽學位。

1904年69歲：妻子奧莉維亞逝世。發表〈亞當日記〉。

1905年70歲：發表〈夏娃日記〉。在亞當、夏娃兩篇日記中，深刻描述男人與女人的原型，以及男女天性上、思惟上的種種差異。提出男人必須依靠女人的觀點。

1906年71歲：開始口述《自傳》。

1907年72歲：訪英。牛津大學授予他文學博士榮譽學位。

1909年74歲：三女珍逝世。發表了《斯托姆菲爾德船長天堂訪問記》，內容悲觀，深刻表達出對人性的失望。後又著手進行《神秘的來客》（The Mysterious Stranger），但由於觀點太過於偏激悲觀，認為死後才能發表。

1910年75歲：四月二十一日，逝世於自建的斯托姆菲爾德山莊。死後《馬克·吐溫自傳》及各類小說、書信、演講、短文集陸續出版。

圖片參考書目

◆馬克吐溫和夫人：Mark Twain's Letters, Volume 5: 1872-1873 (Mark Twain's Collected Letters) by Mark Twain

◆馬克吐溫的生活：Our Mark Twain: The Making of His Public Personality by Louis J. Budd

◆馬克吐溫的家庭：Writing Huck Finn: Mark Twain's Creative Process by Victor A. Doyno

◆馬克吐溫的三千金：長女蘇珊（Mr. Clemens and Mark Twain: A Biography by Justin Kaplan）二女克拉拉（Mark Twain's God's Fool by Hill）三女珍（Mark Twain's God's Fool by Hill）

◆馬克吐溫居住地：Lighting Out For the Territory: Reflections on Mark Twain and American Culture by Shelley Fisher Fishkin

◆漫畫世界裡的馬克吐溫：Our Mark Twain: The Making of His Public Personality by Louis J. Budd

◆馬克吐溫的眞跡：Writing Huck Finn: Mark Twain's Creative Process by Victor A. Doyno

目錄

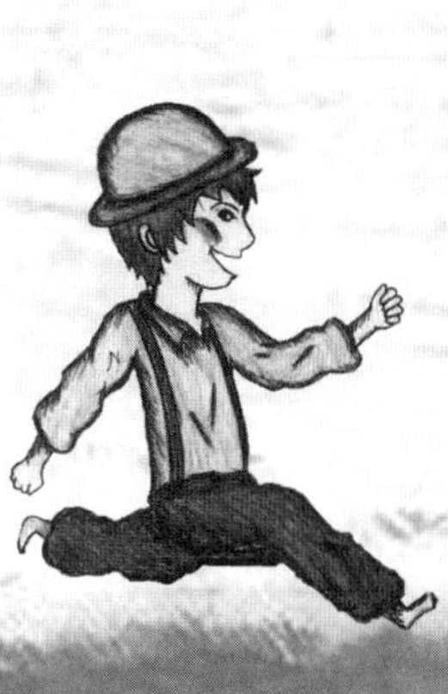

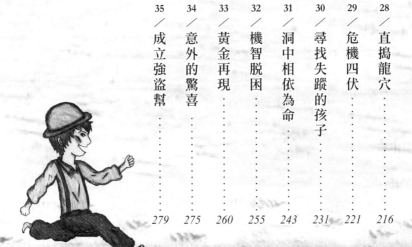

01 調皮搗蛋的湯姆

眼前這位男孩頭戴的帽子很優雅，藍色上衣又新又帥，褲子也是乾淨好看，他甚至打上顏色明亮的領帶，一股都市人的氣質，湯姆越是看他，對方更是驕傲神氣，越顯得自己邋遢，兩人都沒說話，只是面對面，彼此瞪著對方。

「湯姆！」

沒有回答。

「湯姆！」

依然沒有回答。

「奇怪，這個孩子跑哪兒去了？湯姆！」

還是沒有回答。

老太太拉低鼻梁上的眼鏡，環顧房間四周，再戴好眼鏡，仔細地搜尋；她極少、甚至不曾戴著眼鏡找像湯姆這樣的小男孩，眼鏡只是用來襯托她莊嚴、驕傲的神態而已。有那麼一會兒，老太太露出困惑的神情，然後語氣無力地，但聲音仍大到連桌子、椅子都聽得見，「好傢伙！別讓我捉到，否則……」

她開口的同時正彎下腰，用掃帚猛力突擊床底下。每突擊一次得休息喘口氣；突擊結果一無所獲，除了捉到一隻貓。

「居然連個影子也沒有！」

老太太站在門口，看向院子一片番茄與曼陀羅叢中，還是沒有湯姆的身影，於是她只好提高音量，抬起頭以便傳送千里，叫道：「湯～姆～！」

身後隱約出現一些聲音，老太太轉身，及時抓住小男孩的衣角，這回小男孩插翅難飛。

「在那兒！我早該想到櫥櫃。你在那裡做什麼？」

「沒什麼。」

「沒什麼！看看你的手、你的嘴，那是什麼東西？」

「我不知道啊，姨媽。」

「我知道那是果醬，我跟你說過幾千次，如果你敢動果醬，我就剝你皮。鞭子拿來。」

鞭子在風中顫一場皮肉之苦大概在所難免。

「我的天啊！姨媽，妳看妳後面！」

老太太轉身，情急之下拉起裙襬；一瞬間，小男孩早已越過高高的竹牆，溜之大吉。

玻利姨媽呆站原地，忽然輕輕地笑起來。

「臭小子！我竟然還沒學乖，他的把戲那麼多，我竟然還是不懂提防。人老了不中用了，俗話說，老狗學不會新把戲，可是，老天啊，他的把戲每天都不一樣，他就是有本事拖延我手中的鞭子，惹我笑一笑，然後我氣消了，怎麼也不忍心揍他；書上說小孩不打不成器，我不好好管教，只怕以後大家都有罪受。他就是這麼頑皮，湯姆是我死去姊姊的孩子，可憐的小東西，要我揍他，於心何忍啊？不管教他，我的良心便受譴責，要是責罰他，我的心比他還疼。要是他下午又逃學，我一定要他明天工作，當作懲罰，但是，要他星期六工作實在很困難，所有小孩都在玩，而且他痛恨工作更甚於任何事；不管如何，我得善盡職責，不然等於毀了這孩子。」

湯姆果然逃學，而且玩得相當愉快，之後他及時回家，趕在晚餐前幫那位黑人男孩，吉姆，砍木頭劈火柴；其實他及時回來不是幫忙，而是誇耀他所經歷的趣事，至於工作，四分之三都是吉姆完成的；湯姆的弟弟（或說表弟），席德，是個安靜的孩子，既沒有任何趣事，也沒有惹麻煩，早已完成他負責的工作（撿竹片）。

正當湯姆邊吃飯，邊逮住機會偷糖吃時，玻利姨媽正問他幾個暗藏玄機的問題，想套出湯姆的話；往往心思單純如姨媽的人，才會自以爲天生擁有詭詐神祕的外交手腕，明明是一眼看穿的手段，自己還覺得相當狡猾聰明。她問：「湯姆，今天學校很熱，是吧？」

「是啊，姨媽。」

「眞的，滿熱的喔？」

「沒錯，姨媽。」

「你有沒有想去游泳啊？」

湯姆心裡一絲絲驚慌，一絲絲不安的疑慮，他瞧了瞧姨媽的臉色，想尋找一點線索，但沒有什麼異樣。他回答：「沒有，不怎麼想游泳。」

老太太伸出手，摸摸湯姆的衣服。

「可是，你頭髮有點濕喔？」想到自己發現湯姆的衣服是乾的，卻沒有人知道她心裡想什麼，玻利姨媽顯得有些得意雖然如此，湯姆很會察言觀色，在姨媽採取下一步行動之前，湯姆已先行防守。

「有人在抽水機那兒玩水，潑我的頭髮，所以濕濕的。」

手中的證據不能讓湯姆招供，讓玻利姨媽苦惱不已。不過，她靈機一動，問道：「湯姆，玩水的時候，我幫你縫補的衣領沒脫落吧？外套脫下，我看看。」

湯姆絲毫沒有露出難色，脫下外套，衣領仍完好如初。

「奇怪！好吧，我是要確定你有沒有逃學去游泳，我還以爲你眞是無可救藥，也許你沒那麼壞，這次就算了。」

沒抓到罪證，玻利姨媽有點遺憾，也有點高興，沒想到湯姆這次如此聽話。

但席德突然開口說：「妳幫他縫補衣領的線應該是白色，而不是黑色吧。」

「是啊，應該是白色。」

湯姆早就悄悄溜走了，走到門口時憤憤地說：「席德眞是欠揍。」到了姨媽找不到他的地方時，湯姆翻開衣領檢查一番，兩根針上綁著的線，一根是白線，另一根是黑線。

「要不是席德，她根本不會發現，有時用白線有時用黑線，她自己也搞不清楚。我一定要好好教訓席德。」

不到兩分鐘的時間，他所有的煩惱早已丟到九霄雲外。

夏日的午後總是漫長，湯姆正吹著口哨，面前出現一位陌生人，在聖彼得堡這樣的小村莊裡，任何一位外來人，不管年紀，或男或女，一定會引起一陣騷動。眼前這位男孩衣著整齊，不是星期日還穿得如此整齊，頭戴的帽子很優雅，藍色上衣又新又帥，一排釦子緊緊地扣好，褲子也是乾淨好看，腳上還穿著鞋呢，今天才星期五啊，他甚至打上顏色明亮的領帶，一股都市人的氣質，湯姆越是看他光鮮亮麗的外表，對方越是驕傲神氣，自己越顯得邋遢，兩人都沒說話，一方開始移動，另一方也跟著動，但並非往前，而是繞著圈子轉，兩人面對面，彼此瞪著對方。

終於湯姆開口：「我可以揍你一頓。」

「我倒想看看你有沒有這個能耐。」

「我有。」

「你沒有。」

「我有。」

「你沒有。」

「有。」

「沒有。」

一陣不安的沉默後，湯姆問道：「你叫什麼名字？」

「不關你的事。」

「你再說廢話，我就不客氣。」

「廢話，廢話，廢話，我說了。」

「你很神氣喔！了不起喔！瞧你的帽子。」

「不喜歡我的帽子，動手啊，我保證你不敢，誰敢動我，誰就挨揍。」

「臭小子！你再多說，我就打爛你的頭。」

「是喔？好嚇人喔！」

「我說眞的！」

「來啊！試試看啊！說了這麼多，還等什麼？爲什麼不動手？因爲害怕吧！」

「我才不怕！」

「你怕！」

兩人停頓一會兒，瞪著對方，繞圈子轉，然後兩人肩頂住肩，湯姆開口：「滾開！」

「你才滾開！」

就這樣兩人僵持不下，擺出一副逞兇鬥狠的架勢，用盡力氣彼此推撞，直到兩人汗流浹背氣喘吁吁才稍作休息，湯姆說：「你這個膽小鬼，我回去告訴我大哥哥，他用一根小指頭就可以揍扁你，我叫他來收拾你。」

「我才不在乎你的大哥哥，我的大哥哥比你的還大，他可以一把舉起你大哥哥丟到圍牆外。」（其實兩人都沒有大哥哥。）

「你吹牛！」

「彼此！彼此！」

湯姆用腳趾頭在地上劃出一道線，「你敢越過這條線，我就打扁你，我說到做到！」

對方果然越過地上的線，說：「敢說要敢做，我想看看你有沒有本事！」

「你不要激怒我，給我小心點！」

「敢說要敢做，怎麼不動手！」

「兩毛錢，我就做！」

男孩從口袋拿出兩個銅板，略帶嘲弄地放在湯姆眼前，湯姆將銅板甩到地上，一剎那間，兩個小男孩在地上打成一團，滾來滾去，像貓一樣用指甲狠狠地刮傷對方，抓對方的衣服頭髮，揍扁對方的鼻子。兩人渾身是傷和泥巴，一陣混戰之中，湯姆佔優勢，跨坐在男孩身上，用拳頭狠狠地揍他。

「快說『饒了我』。」

男孩仍繼續掙扎，因爲憤怒而哭泣，湯姆又說：「快說『饒了我』。」接著又是一拳。最後男孩嗚咽地求饒，湯姆才放開他，「得到教訓了吧！搞清楚你和誰說話。」

男孩拍拍身上的泥巴，邊走開，邊流著眼淚鼻涕，偶爾回頭看，並威脅下次再遇到湯姆，要給他好看。湯姆在一旁嗤之以鼻，然後神氣地轉身準備回家，那男孩立刻撿起石頭丟他，打中他的背部後，拔腿就跑。湯姆追在後頭，一路追到男孩的家門，而男孩的媽媽出來，大罵湯姆壞孩子，叫他走開，湯姆只好走開，發誓下次要男孩好看。

湯姆很晚才回到家，小心的從窗戶爬進屋裡後，他發現了陷阱，玻利姨媽正等著他，姨媽看他渾身骯髒的模樣，決定星期六要湯姆禁足並且工作一天。

湯姆看不慣穿著整齊又假惺惺的男孩，
兩人互看不順眼打了起來。

02 體罰變遊戲

湯姆不情願地將刷子交給班恩，心裡其實得意極了；剛剛還是「大密蘇里號」船長的班恩，現在在太陽底下幹活、滿身大汗，而湯姆到附近陰涼地方坐在木桶上，盪著雙腿，計畫誘拐下一個無知的小朋友。

星期六早晨，夏日時光總是明亮、清新，充滿生命活力，彷彿每個人心裡都哼著一首曲子。湯姆走在人行道上，手裡拿著一桶白漆和一根長長的刷子，看一看圍牆，愉悅的心情消失殆盡。寬闊的圍牆三十碼長，九呎高。湯姆沉沉地嘆了一口氣，拿起刷子沾些油漆，順著圍牆頂部帶過，一次又一次重複相同的動作，並且不斷嘆氣。這時，吉姆蹦蹦跳跳來到門口，手裡提著鐵桶，口中哼著曲子，在湯姆看來，從村中打水處提水回家簡直辛苦得要命，現在他可不這麼想，他還記得打水的地方人多熱鬧，白人、黑人、混血、男孩、女孩，大家排隊等著，順便休息、交換好玩的東西、吵架、打架、唱歌，他也沒忘記雖然打水的地方只有一百五十呎遠，吉姆提一桶水總是花上一小時以上，甚至姨媽還得派人去找他回來。

「嘿，吉姆，我去提水，你來刷油漆，如何？」

吉姆搖搖頭。

「不行啊，老太太交代我趕緊去提水，不可以中途與人閒扯，她說你一定會要我刷油漆，叫我不能答應，她會來查看。」

「別管姨媽說什麼，她一向這麼說，水桶給我，我只去一會兒，她不會知道的。」

「不行啊，老太太會宰了我，眞的！」

「她！她從來不打人，說說罷了，不痛又不癢，吉姆，我給你一個好東西，一顆白色子彈。」

吉姆有些動搖。

「白色子彈喔！」

「那很棒！可是我很怕老太太。」

「還有，如果你答應，我一定讓你看看我腫起來的腳趾頭。」

吉姆只是普通人，難以抗拒誘惑。他放下鐵桶，拿著湯姆給的白色彈子，彎下身，全神貫注地看著湯姆拆開綁帶。下一秒鐘，吉姆拿著鐵桶往街上奔去，湯姆賣力地刷油漆，因爲玻利姨媽正從田園回來，眼裡帶著勝利的光芒，手裡拿著拖鞋準備揍人。

但是湯姆起勁的工作並未持續多久，他開始想著等一會兒小朋友出來玩樂，看到湯姆工作，他們一定不會放過嘲笑他的機會。想到這，湯姆開始拿出口袋裡的寶貝檢視一番，玩具、大理石、雜七雜八一堆，應該足夠找小朋友替他工作，但還是買不到一小時的自由，只好塞回口袋，放棄這個念頭。一片茫然絕望之中，突然出現一道曙光，湯姆想到一計絕妙的辦法。

他拿起刷子，心平氣和地工作。班恩．羅傑出現了，所有的小朋友之中，湯姆此時此刻最怕見到他。班恩不斷發出低沉的叮咚咚響，想像自己是一艘蒸氣船，接近湯姆時，將速度慢下來，盡可能往右舷傾斜，卯足力氣讓船頭轉過來，他現在化身爲「大密蘇里號」，同時是船長也是汽笛，所以他假裝下達命令，並執行命令。

「停！叮呀鈴鈴！」輪船慢慢停住了，船慢慢轉向人行道。

「掉頭過來！叮鈴鈴！」兩隻手臂伸直，然後用力往兩邊放下。

「右舷後退！叮鈴鈴！咻！咻——嗚！咻！」同時間，右手畫出大圓圈，代表四十呎的大轉輪。

「左舷後退！叮鈴鈴！咻！咻——嗚！咻！」左手也開始畫起大圓圈。

「停右舷！叮鈴鈴！停左舷！右舷往前開動！停住！外側慢慢轉過來！把船頭的繩子拿過來！快點！把船邊的繩子拿出來！你還在那邊幹什麼？把繩耳繞過靠墩轉一圈！好了！就這樣拉住！放手吧！關掉引擎！叮呀鈴鈴！咻！咻！咻！」（試著模仿汽門洩氣的聲音）

湯姆繼續刷油漆，不理會這艘船。班恩瞪了一眼說：「哎呀，你又做錯什麼事啊？」

沒有回答。湯姆用一種藝術家的眼光審視自己刷的那幾筆，班恩走到湯姆身邊；看到他手中的蘋果，湯姆幾乎流下口水，但仍繼續工作，班恩說：

「嘿，你在工作啊？」

湯姆突然轉過身來，說：「是你啊！班恩，我沒注意到你來。」

「我現在要去游泳喔，現在喔！你不想去嗎？可是，你得工作，走不開吧？」

湯姆看著班恩說：「你說這是工作？」

「不是工作，是什麼？」

湯又重拾油刷，漫不經心地回答：「也許是，也許不是，總之適合我來做。」

「算了吧，何必假裝很喜歡工作呢？」

油刷沒停下，湯姆說：「喜歡？有什麼理由不喜歡？不是每個人天天都有機會刷油漆。」

聽湯姆這麼說，刷油漆變得滿有趣的，班恩停止啃蘋果了，看著湯姆悠悠哉哉地來回刷油漆，這裡加一點，那裡補一些，再品頭論足一番，班越來越感覺趣味，越來越著迷，然後說：「湯姆，讓我試試看吧。」

湯姆想了想，正準備答應時，又改變主意。

「嗯，還是算了吧，班恩，你知道嗎，玻利姨媽很重視這條街上這面牆，我猜沒有幾個人可以刷得完美。」

「別這樣，讓我試試，只要一下下，如果我是你，我一定讓你試試。」

「好吧——還是算了，我擔心——」

「蘋果全部給你。」

湯姆不情願地將刷子交給班恩，心裡其實得意極了；剛剛還是「大密蘇里號」船長的班恩，現在在太陽底下工作、滿身大汗，而湯姆到附近陰涼處坐在木桶上，擺盪雙腿，咬著蘋果，計畫誘拐下一個無知的小朋友。每隔一陣子，兩三個男孩跑來，原本想嘲笑湯姆，最後卻都留下來刷油漆。班恩的時間到了，湯姆讓比利·費雪上場，代價是全新的風箏，比利玩完了，強尼·米勒用一隻死老鼠、一根綁住老鼠甩來甩去的繩子換得工作機會。就這樣，湯姆原本窮得要命，搖身一變，成了富翁。除了前面提到的物品之外，湯姆還賺到十二個石彈、一支破口琴、一片可以透視的藍色瓶子玻璃片、一支蘆管做的炮、一把無法開啓任何東西的鑰匙、一截粉筆、一個大酒瓶的玻璃塞、一個洋鐵做的小士兵、一對蝌蚪、六個爆竹、一隻獨眼小貓、一個門上的銅把手、一條狗鍊子——但沒有狗、一只刀把、四塊橘子皮，還有一個爛掉的老窗戶框。

聰明的湯姆，拐了好幾個小間友幫他刷油漆，
心裡正得意的不得了。

整個下午，湯姆輕鬆悠閒，而圍牆已刷上三層油漆，要不是油漆沒了，他肯定會繼續剝削村裡的小朋友。

湯姆滿足地對自己說，這個世界沒那麼空洞乏味嘛；同時，他自己不知道，他證實了人類某種心態，只要某個東西難以到手，人們一定更渴望擁有。如果湯姆是個偉大又明智的哲學家，如本書的作者，那麼他一定明瞭，所謂工作不過是人們被迫做的事，而所謂遊戲也不過是人們自動從事的活動，他也將明白為什麼製作假花，或拚命踩機器踏板是工作，而打保齡球、爬白朗峰則是娛樂，英國有些紳士在夏天的時候駕著四匹馬的載客馬車，一天走二、三十公里，只因為這項特權花了他們大筆銀子，一旦給他們錢，要他們為人服務，這項活動便成為工作，他們才不做呢。

湯姆想著今天所發生的事，及帶來的變化，然後回到司令總部去報告。

想一想

你生活中有經歷過什麼事件，和「刷牆事件」很相似？

03 被愛情俘虜

湯姆看到花園裡一位可愛的女孩，藍色眼睛，金黃色的頭髮編成兩條長長的辮子，夏天白色的衣裳，蕾絲花邊的裙子，不需發動任何攻擊，馬上讓剛剛打勝戰的英雄爲她傾倒。

湯姆走到玻利姨媽面前，姨媽正坐在一扇開啓的窗前，這間屋子具有多種用途，是臥房、餐廳，也是讀書室，姨媽的手上還拿著織針，卻不小心打起盹，都怪夏天太熱，周遭太安靜，蜜蜂嗡嗡響著催人眠，與她做伴的只有那隻躺在姨媽腿上睡著的貓；姨媽把眼鏡安然地架在灰白的頭上，她原以爲他早已溜去玩了，所以看到湯姆毫無畏懼地站在跟前，心中不免覺得奇怪，湯姆問：「我可以出去玩嗎？」

「出去玩？油漆刷了多少？」

「全部漆完了，姨媽。」

「湯姆，別再對我說謊，我受不了。」

「我沒有，眞的全部漆完了。」

玻利姨媽並不信任湯姆的話，她得親自瞧瞧，如果湯姆說的話有百分之二十是眞的，她便滿足了，當她發現圍牆果然漆上油漆，而且一層一層刷得相當漂亮，甚至牆腳還加了一道，她的驚訝眞是無法言喻。

湯姆的工作讓姨媽感動不已，於是帶他到櫥櫃拿一顆蘋果給他，還不忘說教一番，叮嚀湯姆想想這辛苦工作賺來的蘋果，是不是吃起來特別香特別甜呢，正當姨媽的訓話接近尾聲時，湯姆順手拿走一塊甜甜圈。

連跑帶跳，湯姆出了家門，看見席德正好走上後門的石階，湯姆隨手拿起一塊一塊土粒，一眨眼的時間，六、七塊土粒像一陣冰雹襲擊席德，姨媽呆呆看著，還來不及回神去搭救席德時，湯姆已翻牆而出，雖然院子有大門，但往往時間緊迫，湯姆便來不及走大門，湯姆報了仇，現在心情輕鬆愉快，誰叫席德提醒姨媽黑線的事，害他倒大楣。

經過傑夫．柴契爾居住的地方，他看到花園裡一位可愛的女孩，藍色眼睛，金黃色的頭髮編成兩條長長的辮子，夏天白色的衣裳，蕾絲花邊的裙子，不需發動任何攻擊，馬上讓剛剛打勝戰的英雄為她傾倒；那個艾美．勞倫斯立刻從腦海消失，甚至沒有留下一點印象，他曾花幾個月苦苦追求，不過是一個星期前她才敞開心扉接受他，這短短的七天中他自以為是天下最快樂最幸福的人兒。現在，轉瞬間，她從湯姆的心中消失，就像陌生人結束拜訪而離開一樣。

湯姆默默地看著這位新天使，直到她發現了湯姆，湯姆趕緊假裝沒注意她的存在，卻突然開始使出各種特技，表現自己只為了贏得她的讚賞；愚蠢的特技維持一段時間，其間，當他正進行危險的特技時，他瞄到女孩正朝家門走去，湯姆停下來，靠在圍牆邊，心中感到悲傷，多麼希望她再留一會兒。她果然稍稍停下，然後才踏進家門，她前腳踏入家門，湯姆便深深地嘆了一口氣，可是在她消失的前一秒鐘，突然朝湯姆這邊丟了一朵三色堇，讓湯姆眉開眼笑。湯姆隨手拿起一根稻草放在鼻梁上，頭稍微後仰，想試著保持平衡，不讓稻草墜落，一陣左右搖晃之後，他越來越靠近三色堇，然後赤腳踩在上面，靈巧的腳趾抓住珍貴的寶藏，接著一蹦一蹦地跳到街角，轉身消失了。湯姆躲在角落，將花朵別在外套裡，越接近他的心房越好，不過他也可能是別在胃的部位，反正他對人體解剖不熟。

整頓晚餐湯姆很興奮，讓姨媽不禁懷疑他是不是中了邪，下午他用土粒攻擊席德，姨媽把他罵了一頓，但湯姆似乎一點也不在乎，當著姨媽的面，想偷糖，結果惹來皮肉之苦，還辯稱：「席德吃糖時，妳都不揍他。」

「席德沒有你那樣折磨人，我如果不注意，你一定會一直吃一直吃。」

當姨媽走進廚房，席德正得意自己沒挨罵，伸手去拿糖果罐，好讓湯姆羨慕嫉妒，結果席德手沒拿穩，罐子掉落地上破了，這下換湯姆欣喜若狂，但他刻意默不作聲，要等姨媽回來開口問誰幹的好事，然後他再告訴姨媽，結果姨媽進來瞪著一堆碎片大發雷霆時，他幾乎控制不住了，他心想好戲快上場了，哪知下一秒鐘他整個人趴在地板上，姨媽又打了一掌，湯姆叫道：「等一等，爲什麼打我？是席德打破的。」

玻利姨媽停一會兒，有些遲疑，湯姆以爲可以得到安慰，但姨媽僅僅開口說：「哼，多打你一下也不算冤枉，誰知道我沒看到時，你做了什麼好事？」

其實姨媽還是有些愧疚，她也想說些好話，但那不等於承認她錯了，不行，管小孩不可以這樣，所以她只好保持沉默，忐忑不安地去忙別的事，湯姆在一旁生悶氣，心裡卻爲自己的委屈覺得慶幸，因爲他知道姨媽覺得過意不去，這樣他便稍稍滿足了，他決定不發出一點聲音，開始想像自己躺在床上病得要死了，姨媽撲倒在他身上，乞求一句原諒的話，但他轉過頭，到死也不肯說，到時候姨媽心中做何感想？他想像自己被人從河邊抬回家，頭髮濕了，心臟停了，生命結束了，她會不會哭倒在他身上？她會不會淚如雨下？會不會懇求上帝將湯姆還她，並承諾從此不再打他罵他？想著這些悲慘的景況，湯姆的情緒也受到感染，視線被淚水模糊了，一眨眼，淚水竟順著臉龐、鼻梁流了下來。接著，他的表姊帶著闊別家人一星期之後的重逢喜悅，從一邊的門歡喜地哼著歌曲、帶著陽光跑進來，而湯姆只好起身，帶著愁雲慘霧的心情，從另一邊的門離開。

湯姆並沒有到平常遊樂的地方，他想找個悽涼的場景，襯托他此刻的心情，河上一塊浮木漂過，他坐上去，看著廣闊的河面沉思，希望自己能一瞬間無意識地淹死，省去死亡帶來的痛苦；然後他想到放在口袋裡的花，拿出來時，已枯竭成一團，更增添此時的悲傷，不知道女孩得知他的事之後，會不會同情自己？

大約九點半或十點時，他沿著無人的街，來到不相識的意中人住處，停下來，沒有一點聲響，二樓窗簾上有燭光搖曳的影子，女孩就住在裡面嗎？湯姆爬上圍牆，來到窗前，抬頭含情脈脈看了好久，然後躺在地上，雙手在胸前交錯，手中握著枯萎的花，就這樣，他願意在這個冷漠的世界中死去，沒有家，沒有朋友為他從眉梢擦去死亡的水滴，當死亡時刻到來時，沒有一張可愛的臉龐同情地看著他。

此時，窗戶突然打開，一位女僕刺耳的聲音破壞此時神聖的寧靜，接著一盆水倒下來，殉情的少年立刻成了落湯雞。

04 光榮背後的教訓

湯姆手指撥弄鈕釦，看來十分膽怯，脹紅了臉，目光低下，校長的心也和他一起往下沉……

次日，太陽升起，照耀這安詳寧靜的村莊，也算是一種幸福。早餐結束後，玻利姨媽進行家庭祝禱，首先是禱告，內容來自聖經各個章節的引文，混合在一起，幾乎失去原來的意思，中間，姨媽朗讀一段摩西在西奈山頒布的律法。

湯姆勒緊褲帶認眞地朗誦祈禱文，而席德前一日已經背熟了。湯姆傾全力熟記五段禱文，並選了其中一段摩西律法，因爲那是最短的一段，半小時之後，湯姆背得模模糊糊，沒辦法，他的腦袋已經想到別的地方，手邊拿著小東西把玩，瑪麗拿起他的書，要他背一次，他從模糊的記憶中拼拼湊湊：「受庇佑的是那，那……」

「窮人。」

「對，窮人，受庇佑的是窮人的……」

「靈魂。」

「靈魂。受庇佑的是窮人的靈魂，因爲他們，他們……」

「他們的……」

「受庇佑的是窮人的靈魂，因為他們的土地是天堂，受庇佑的是哀悼的人，因為他們，他們……」

「因為他們應……，到底是什麼？」

「應該……」

「喔，應該，他們應該，他們應該，應該哀悼，不是……，受庇佑的是哀悼的人，哀悼的人，因為他們應該，應該，應該幹嘛？妳直接告訴我嘛，瑪麗，不要這麼殘忍。」

「湯姆，你這個呆瓜，不是我愛捉弄你，我不能幫你作弊，你得自己背出來，不要氣餒，你一定可以的，如果你背好，我有好東西給你，來吧，乖乖地背。」

「好吧，不過，先告訴我是什麼好東西。」

「別著急，我說是好東西就是好東西。」

「妳說眞的喔，好吧，我再努力試試。」

湯姆果然再接再厲，因為好奇那可能到手的好東西，成績果然非常好，瑪麗的好東西是一支全新的「巴羅牌」摺刀，價値十二角半，湯姆歡天喜地叫著。湯姆正要動桌子的腦筋時，被叫去梳洗準備上主日學。

主日學從九點到十點半，接著是牧師講道，席德和瑪麗總是自動留下來聆聽，湯姆也留下，教堂裡高椅背、沒有座墊的長凳子可以容納三百人，屋頂立著木箱子當尖塔，在門邊，湯姆刻意走在後頭與同樣衣著整齊的玩伴打招呼。

「嘿，比利，你有黃條嗎？」

「有啊。」

「你要和我換什麼？」

「你有什麼？」

「一塊糖和一個魚鉤。」

「讓我看看。」

湯姆拿出來，比利很滿意，兩人交換物品。然後湯姆又拿東西換取三張紅條、兩張藍條，等到其他小孩來之後，他又連哄帶騙和別人換其他顏色的條子。等到背詩歌時，有人總是支支吾吾背不完整，需要人幫忙提詞，可是大家爲了得到獎品，還是熬過來了；獎品就是藍色紙條，上頭有一段聖經的話，每背兩首詩歌便可以得到一張藍色紙條，十張藍色紙條換一張紅色紙條，十張紅色紙條等於一張黃色紙條，收集十張黃色紙條後，學生就能獲得裝訂不錯的聖經（價値四十分錢）。各位讀者，有誰願意花那麼多精神那麼多腦力背誦兩千首詩歌，只爲了換取一本聖經？不管如何，瑪麗花了足足兩年的時間，得到兩本聖經了，另一位德裔男孩獲得四、五本，有一次他連續背了三千首詩歌，完全沒有停頓，但畢竟花了太多腦力，從那之後，他和白癡沒什麼兩樣，這對主日學校來說是個悲慘的打擊。而湯姆呢？他很可能從未想要獎品，但他肯定想要得獎的榮耀，及隨之而來的名聲。

課程中主日學的校長站在講台前，手中一本闔上的詩集，手指夾在某一頁，他要大家注意聽他例行的演說，手中的詩集是必要的道具，就像演唱會中獨唱的聲樂家手中一定拿著一張樂譜。這位校長年約三十五歲，身材瘦長，留著棕色的山羊鬍與短髮，衣領直挺挺，邊緣幾乎碰到耳朵，尖端往上翹，直逼嘴角，他必須目視前方，如果想往旁邊看，得轉動整個上半身，一條領帶和銀行支票一樣寬長，支撐著下巴，領帶兩端則是鬚鬚，鞋子前端尖尖地往上翹，就像雪橇的形狀，那是非常時髦的造型；校長先生總是對神聖的事物、地方十分尊敬，因此絕不和俗事混爲一談，連他自己也沒意識到，自己在星期天的主日學課上，聲音和平時很不一樣，他通常這樣開始的：「各位小朋友，我要你們坐直，凝神靜聽兩分鐘，我要告訴你們，看見一群孩子穿著整齊乾淨，聚集在這樣的場合裡，學習明辨是非，我心裡有多麼歡喜……」

其餘的談話無需多提，因爲大家熟得不能再熟了。

沒多久，一陣交頭接耳的聲音又再度揚起，因爲有訪客到來，這是相當罕見的，柴契爾律師，一位衰老的先生，一位頭髮鐵灰、胖胖的中年紳士，及紳士高雅的妻子，帶著一位小孩，出現在教堂；這些日子，湯姆想到艾美總是有點焦慮不安，甚至良心備受譴責，現在他一眼也不敢看她，無法忍受她那可愛的目光。而那女孩進來的一剎那，湯姆的心還是燃起快樂的火花，接著，他又一如往昔，使出渾身解數玩些把戲，吸引女孩的目光及讚賞。

訪客坐在最崇敬的位置，校長先生的演講一結束，他立刻介紹來賓，原來中年紳士是位知名人物，相當於郡裡的法官，這是小孩所知最高階層的人物了，孩子們相當好奇他究竟是什麼做成的，一半的人想聽他吼叫，一半的人卻擔心他真的吼起來。他來自於康士坦丁堡鎮，距離這裡十二哩遠，所以他走過很多地方，看過很多世面，那雙眼睛常看郡裡法院的大小事情。聽說法院有洋鐵皮屋頂，從小朋友的靜默與瞪大的雙眼，便知他們對這號人物心生敬畏，這位就是柴契爾法官，小鎮律師的哥哥，傑夫．柴契爾立刻上前與這位大人物打聲招呼，全場無不露出欣羨的眼光，如果聽到大家竊竊私語，他一定得意極了：「你瞧瞧，他上台了，看他和大人物握手，他正握住他的手，你想不想變成傑夫？」

校長先生在一旁開始愛現，一會兒宣布校方事務活動，一會兒下命令或批評這批評那，指揮這指揮那，只要他能找到目標，就有話說；圖書館員也開始愛現，抱著一堆書跑來跑去，嘴裡咕噥著，有一點點威權最愛到處挑剔；一位年輕的女老師也開始愛現，親切地俯身，對著剛剛被打耳光、調皮的學生，警告性地搖搖手指，並輕拍好孩子的背；年輕的男老師也開始愛現，罵學生以展示權威，一時之間對紀律特別注意；小女孩以各種方式愛現，小男孩愛現起來也毫不懈怠，所以到處是紙團亂飛、互相扭打的聲音，在台上大人物坐在那裡，對著所有人展露莊嚴肅穆的笑容，在自己散發出的光輝中，他一定也覺得溫暖，而他自己也正愛現呢。

可是仍然缺少某個東西，使校長先生的喜悅有些缺憾，那就是少了頒發聖經獎品的機會，幾位同學已經有好幾張黃條，但仍不夠，他在那幾位優秀學生附近走來走去，詢問誰夠資格領獎，如果能換回那位德裔少年的腦袋，我想他一定願意拿出一切作爲交換。

正當希望極爲渺茫時，湯姆手拿九張黃條、九張紅條、十張藍條，走向前要求換成聖經，這項舉動簡直是晴天霹靂，校長怎麼也想不到湯姆能拿到聖經，但他的確有各色的紙條，湯姆走上台與法官站在一起，麥克風宣布湯姆得獎的大消息，大概是這十年間最令人驚訝的消息吧；這種感覺眞是奇妙，我們的新英雄與法官同台演出。此時，我們看見兩件奇景而非一個，所有的男孩羨慕得要命，心中感受最深的莫過於那些後知後覺、將紙條賣給湯姆，或換取湯姆用刷牆壁換來雜七雜八的小玩意兒，造就了這可恨的光榮，他們恨自己怎會這麼蠢，上了狡猾騙子的當，湯姆簡直是草堆裡奸險的蛇。

無論如何，校長先生還是得露出愉快的笑容，將獎品頒給湯姆，但仍舊缺少眞情流露，因爲他也感覺到背後一定有什麼無法見光的內幕，誰會相信這調皮的男孩腦袋裡裝著兩千首聖經的詩篇呢？要他背十二首已經要他的命了。

看見湯姆領獎，艾美既高興又驕傲，但湯姆沒正眼看過她，她仔細地觀察湯姆，湯姆閃爍的眼神說明一切，艾美的心碎了，心中滿是嫉妒與憤怒，眼淚奪眶而出，恨透了所有人，尤其是湯姆。

校長向法官介紹湯姆，法官摸著湯姆的頭，稱他爲好孩子，問他什麼名字，湯姆結結巴巴，深吸一口氣才說：「湯瑪斯・莎耶，法官先生。」

「很好，好孩子，眞是個小大人啊，背兩千首詩篇，不容易，非常不容易喔，你一定不會後悔花這麼多時間精力，因爲知識比任何東西都寶貴，知識造就大人物和好人，有一天你一定會成爲好人，一個大人物，然後你會回想並感念小時候主日學校曾給你的機會，老師的教導，校長的鼓勵與照顧，他曾給你一本聖經，那麼高雅、精緻、漂亮，完全屬於你一個人，你將來的成就都歸功於幼年的成長，你到時會這麼說吧，你寧可要聖經，也不會想要獎金吧，我知道你一定不會願意，喜歡學習的小孩眞是讓我們覺得驕傲，你一定知道十二位耶穌的信徒是哪些吧？你能不能告訴我們最早的兩位信徒是誰？」

湯姆手指撥弄鈕釦，看來十分膽怯，脹紅了臉，目光低下，校長的心也和他一起往下沉，他告訴自己，這麼簡單的問題，湯姆一定也不會，法官何必考他呢？校長先生還是開口說：「回答先生的問題，湯瑪斯，別害怕。」

湯姆依舊不說話。

「我知道你一定有答案，最早的兩位信徒是……」

「大衛和哥利亞。」

我們還是大發慈悲感快閉幕吧，接下來的戲就不必看下去了。

05 神聖儀式的鬧劇

牧師刻畫出一個場景，一隻獅子和一隻綿羊撲倒在地，前面一個小孩領著大家，站在眾人之前的主角多麼威風啊，想到這，湯姆的臉亮了起來，他對自己說，他願是那小孩。

約十點半，小教堂的老爺鐘響起，人們聚集在一起，早晨的講道即將開始，星期天主日學的小朋友散坐在四處，和父母一起，這樣才方便監督；玻利阿姨當然也來了，湯姆、席德和瑪麗和她坐在一起，湯姆坐在走道旁，遠離窗戶，才不會被窗外誘人的景色吸引；什麼人都來了，需要攙扶的老年人選了好位置；市長和夫人坐在市井小民之中；法官大人來了；那位中年美麗的寡婦道格拉斯太太，爲人寬厚、心腸好，生活優渥，她那棟半山腰的別墅是鎭上的皇宮，平時常招待友人，舉辦慶典極盡奢華，遠比聖彼得堡還誇張；老邁的少校與瓦德太太仍讓人敬愛；從大老遠便認出李維爾遜律師；接著是鎭上的美人，一群追求者緊跟在後；鎭上爲商店工作的年輕夥計也一起前來——他們站在門廊裡吮著甘蔗頭，排排站著形成一道圍牆，如癡如醉地看著最後一位女孩走過；最後一位是鎭上的模範生，正扶持著媽媽一步一步走來，小心翼翼地彷彿媽媽是玻璃娃娃，他總是陪媽媽一同上教堂，贏得所有人的稱讚與所有男孩的憎恨，因爲他太好了，他眞的與其他男孩不同，白色手帕整齊地放在口袋裡，看在湯姆的眼裡，眞是做作，湯姆自己從來不帶手帕。

幾乎所有人都到齊了，鐘聲再度響起，提醒那些拖拖拉拉的人，接著一片肅穆的安靜籠罩教堂，只聽得到走廊上工作人員的聲音，他們的聲音即使在講道進行中也不曾歇息，我知道有些教堂的工作人員教養不錯，但忘了在哪裡，印象中那是好幾年前，細節已不復記憶，但應該是在國外某個教堂吧。

牧師唸出聖經詩篇，他的唸法頗具風格，讓教友十分喜愛，他以中高音開始，然後緩緩上揚，直到某個點特別強調某個重要字眼，接著下降，彷彿從跳水板往下墜一般：

別人奮戰贏得榮耀，歷經血腥

歲月

我怎能仰望天堂，安坐在安逸的

花床

大家都認爲他朗誦的味道最棒。在教堂，他人緣極好，常被指名要求朗誦詩篇，當他唸完之後，在座的女士常常驚嘆不已，濕了眼角，不停地搖頭，表示：「這種感覺眞是無法言喻，簡直太美了，太美了！不似人間應有。」

朗誦詩篇之後，史帕格先生搖身一變成了公告欄，開始宣布各種會議、社團的注意事項，宣布事情是美國傳統的例行工作，即使在大都市有各種報紙流通，也不能免俗；奇怪的是，越沒道理的傳統越難免除。

現在牧師帶領大家禱告，起先禱告內容優美大方，接著針對各種細節，爲教堂向上帝祈求，爲小孩，爲村莊裡其他的教堂，爲村莊本身、郡府、州政府、州政府官員、全美國、國內的教堂、國會、總統、政府官員、困在暴風雨中的水手、受歐洲君主與東方獨裁政權壓迫的千萬人民，爲光明與好消息而祈禱，希望看不到與聽不到不幸，願汪洋中的島嶼一樣有溫暖，最後祈求他所說的話都能帶來恩典與仁慈，如種子般降落在肥沃的土地上，產出豐碩的收成，阿們。

站著的教友坐下時衣服發出窸窣的聲音，湯姆，本書的主人翁一點也不喜歡禱告，頂多他只能做到忍耐不出聲，可是整個過程還是坐立難安；在不知不覺中，湯姆記起禱告的所有細節，即使沒注意聆聽，他也熟悉這些一再重複毫無變化的內容，要是出現一點點陌生的東西，他的耳朵馬上豎起，心中升起不平，怎麼可以加油添醋呢！禱告過程中，一隻蒼蠅停在湯姆面前的椅背上，蒼蠅的兩隻手相互摩擦，然後雙手抱緊頭部，用力地搓揉，如此用力，好像頭與身體幾乎分離，如細線般的脖子暴露在湯姆的眼前，雙翅擦拭後腿，將後腿拭淨，好像知道上頭沾上穢物，蒼蠅沉著地完成排泄，彷彿知道這裡十分安全，的確很安全，但這一幕對湯姆的靈魂簡直是種折磨，蒼蠅很清楚要是湯姆手癢想捉牠，牠也不怕，因爲正在進行禱告，湯姆若敢殺害生命，他的靈魂也將毀於一旦，禱告即將劃上句點，湯姆的手背慢慢拱起，偷偷往前挪動，只要阿們一說出口，這隻蒼蠅也將成爲階下囚，然而玻利阿姨及時發現湯姆的企圖，要他住手。

牧師分給教友一篇訓詞，然後開始朗讀，他的聲音單調，內容冗長乏味，教友一個接一個開始打瞌睡——訓詞內容談到地獄裡無窮無盡的刑罰，而命中注定得救的子民數目越減越少，只剩一小群人，讓人覺得沒有拯救的價值。湯姆算一算頁數，每次教堂結束後，湯姆除了頁數之外，對訓詞的內容一無所知，然而這次他有一點點興趣了，牧師刻畫出一個場景，在世紀末，所有人聚集一起，一隻獅子和一隻綿羊撲倒在地，前面一個小孩領著大家，牧師想說什麼湯姆並不在意，他只想著那位站在眾人之前的主角多麼威風啊，想到這，他的臉亮了起來，他對自己說，他願是那小孩，如果獅子不兇的話。

牧師又繼續那乏味的說教，湯姆又陷入痛苦的忍耐中，他想到一個寶貝東西可以拿出來把玩，是一隻黑色甲蟲，上下顎非常堅硬，湯姆稱牠爲「老虎鉗甲蟲」，牠一直被關在裝雷管的盒子裡，湯姆放牠出來之後，甲蟲做的第一件事便是緊抓著湯姆的手指，湯姆很自然地彈了一下，甲蟲便滾到走道，腹部朝上，湯姆用嘴舔著受傷的手指，甲蟲倒在地上奮力翻身，但徒勞無功，湯姆看了一眼，很想撿起來，但距離太遠，其他對講道不感興趣的人倒是在甲蟲身上找到樂趣，眼睛緊盯著甲蟲看；此時一隻閒來無事的狗兒走了過來，看起來有些哀傷，夏天的悶熱與寧靜讓牠渾身軟綿綿，厭倦拘禁在同一個地方，狗兒也想要有些變化，看到地上的甲蟲，狗兒馬上豎起尾巴搖一搖，繞著難得的禮物仔細地瞧，從安全的距離之外聞一聞這小東西，又繞著牠走一圈，慢慢大膽起來，再靠近聞一聞，湊上嘴，小心地叼起，沒成功，再試一次，覺得興味盎然，便坐下來手掌捧著甲蟲，繼續試驗，最後玩膩了，顯得有些不在乎，心不在焉，開始打盹，下巴一點一點往下墜，不小心碰觸到甲蟲，甲蟲用利器一抓，狗兒痛得哀鳴，猛然搖了一下頭，把甲蟲甩到幾呎之外，甲蟲仍然腹部朝上，附近觀看的教友不禁拿起扇子與手帕遮住笑意，湯姆看了更是開心，狗兒看起來眞蠢，恐怕牠自己也覺得如此，所以心中升起怨恨，便想要報復，跑到甲蟲那兒猛烈攻擊，先是繞著圈子，從各種角度用前腳奮力踩踏甲蟲的每個部位，甚至用牙齒咬起甲蟲，拚命搖頭直到耳朵卿哩啪啦晃動，一下子便覺得累了，轉而玩弄蒼蠅找樂子，可是不過癮，於是嗅著地板追逐螞蟻，又累了，打個呵欠嘆口氣，完全忘記甲蟲的存在，整個身體坐下來，壓住甲蟲，沒一會兒，聽見一陣哀號，只見狗兒在走道上狂奔，哀號繼續，狗兒也繼續狂奔，在講台上從一端跑到另一端，再跑向另一走道，跑進跑出，哀號的聲音迴盪在屋子四處，跑得越快痛楚越深，現在牠彷彿是一團模糊的彗星，自顧自地散著光芒，快速地繞著軌道跑，最後瘋狂的狗兒終於停下來，跳上主人的腿上歇息，主人將牠丟出窗外，哀號聲漸行漸遠，最後消失在遠方。

當時所有人都因為忍住不笑而脹紅了臉，講道突然中斷，隨後又繼續，但斷斷續續顯得無力，再也無法吸引大家的注意力，即使內容傳遞的是嚴肅的感動，聽眾也只能躲在椅背後方，不停地憋住隨時可能爆發而出、有欠恭敬的笑意，彷彿可憐的牧師說了什麼滑稽的話似的。當講道結束，牧師給予祝福時，全場都覺得鬆了一口氣，磨難終於結束了。

湯姆回家時，心中真是愉快，如果每次講道都有不同的趣味發生，那麼神聖的儀式就不會那麼無聊了，他很願意讓狗兒與甲蟲玩在一起，但是狗兒居然把甲蟲拿走，真不夠厚道。

想一想

本章中，除了小孩有「愛炫耀」的性格，大人是否也是一樣？

06 初嘗愛的甜蜜

貝琪將手按在湯姆的手上面，兩人搶了一陣子之後，湯姆假裝抗拒，但最後一點一點鬆開，讓字慢慢露出，「我愛妳。」

星期一的早晨是湯姆痛苦的時候，因爲苦難的學校生活又開始了，他寧願沒有假期，因爲假期後再回到桎梏與牢籠更是難以忍受。

湯姆躺在床上，他多希望自己病得無法起身，那麼他便可以待在家裡不必上學。這並非不可能，他測試一下自己的身體機能，沒有任何病痛，再努力檢查一番，這會兒他發現一點點肚子痛的症狀，他滿懷希望，可是慢慢地症狀越來越微弱，最後全部消失，再仔細想想，果然讓他發現新方法，上排有顆牙齒晃動，眞是幸運，他開始哀鳴，這是第一步驟，他很清楚如果只是訴苦爭辯，姨媽一定立刻拔下牙齒，那會很痛，他要保留這顆牙齒；再想想別的方法，時間不多了，突然想到醫生曾說過有種病讓病人躺在床上兩、三個星期，甚至有失去手指的危險，湯姆從被子底下伸出腳趾頭，仔細檢查，雖然他不知道那種病的症狀是什麼，但他管不了那麼多，得試一試運氣，於是他使力地哀叫。

席德繼續睡覺，絲毫沒有察覺湯姆的哀叫。
湯姆叫得更大聲，想像自己的腳趾頭很痛。
席德仍然沒有反應。
湯姆已經叫得氣喘吁吁，稍微休息一下之後，又連續叫了幾聲，簡直驚天動地。
席德繼續呼呼大睡。
湯姆想像痛苦加劇，大叫「席德！席德！」並將他搖醒，席德終於醒了，湯姆繼續哀叫。席德打了個呵欠，伸伸懶腰，用手肘支撐身體，瞪著湯姆，湯姆繼續哀叫，席德開口：
「湯姆！嘿，湯姆！（沒有回應）湯姆！你怎麼了？」席德將他搖醒，緊張地看著他。
湯姆呻吟道：「別碰我！席德。」
「到底怎麼了？我去叫姨媽來。」
「席德，不管你曾經如何對待我，我都原諒你，（一陣哀叫）我走了以後……」
「你不會死的，湯姆，不會的，也許……」
「我原諒所有人，席德，（一陣哀叫）請你轉告大家，還有我那窗戶框框及獨眼貓，送給剛搬到鎮上的女孩，告訴她……」
席德抓起衣服，往外跑。湯姆聽起來不像演戲，他的想像力太豐富，所以他的叫聲聽起來很眞實。

席德跑下樓，大叫：「玻利姨媽，快來，湯姆要死了！」

姨媽仍然往樓上走去，席德和瑪麗尾隨在後，姨媽的臉色蒼白，不停顫抖，來到湯姆的床邊，她大叫：「湯姆，怎麼了？」

「姨媽，我……」

「你怎麼了？告訴姨媽，我的孩子啊！」

「姨媽，我的腳趾頭痛死了！」

姨媽整個人跌入椅子，一會兒笑一會兒哭，然後振作精神：「湯姆，你又在玩什麼把戲？別無聊了，快起床！」

湯姆停止哀叫，腳趾也不再疼痛，自己覺得有點蠢，說：「姨媽，我的腳趾眞的有點痛，痛到讓我忘記了牙痛。」

「你的牙齒！牙齒又怎麼了？」

「其中一顆鬆了，很痛。」

「好，我看看，別再叫了，張開嘴巴，牙齒是鬆了，但你還不至於死掉，瑪麗，幫我拿一條絲線和一點火苗。」

湯姆即時說：「不要，姨媽，我不要拔牙，現在不痛了，如果再痛，我也不哀哀叫，拜託，姨媽，不要拔牙，我立刻去上學。」

「是嗎？所有的把戲都是你想出來騙我，好讓我留你在家，讓你去釣魚？湯姆啊，我這麼愛你，可是你總是想盡辦法傷我的心。」拔牙的工具已經準備好，姨媽將絲線的一端繞個圈，繫在湯姆的牙齒上，另一端綁在床架上，然後拿起火苗往男孩臉上丟去，緊接著，繫於一端的牙齒便在床架邊晃來晃去。

但湯姆經歷的苦難都得到補償。早餐後，到了學校，上排牙齒出現缺口，使他能夠以一種絕妙的新方法吐口水，成爲所有男孩欣羨的對象，身旁聚集一群男孩，想看他那個缺口，讓他因此成爲大家注目的焦點。

沒多久，湯姆遇到鎮上的孩子王，那位酒鬼的兒子，哈克貝瑞·芬，所有的媽媽都怕他，認爲他是壞孩子一個，可是男孩都崇拜他，希望自己能夠像哈克一樣過日子，湯姆也不例外，只要逮到機會，湯姆一定和哈克玩在一起，哈克總是穿著一身大人的衣服，又髒又破，帽子邊緣露了一個大缺口，那件唯一的外套長及腳跟，背後並排的鈕釦一直到背部底下，褲子只有一邊有吊帶，褲襠像個口袋垂得很低，裡面空盪盪，褲管若不捲起，脫了線的下半截一定在地上拖著。

哈克來去完全自由，天氣好的話，他睡在人家的門口石階上，若是下雨，他便找一個空空的大桶子過一宿。他不需上學，也不需上教堂，他愛去哪兒釣魚游泳隨時都可以去，春天時他是第一個脫下鞋的人，秋天天冷了，他是最後一位添加衣物的人。用髒話罵人他很流利。總之任何想做的事，他沒有一件不能做。

湯姆向這位浪漫的野孩子打招呼：「嗨，哈克！」

「嗨！來看看你喜不喜歡。」

「什麼東西啊？」

「死貓。」

「讓我瞧瞧。天啊，身體真硬！死貓可以做什麼呢？」

「做什麼？可以醫疣。」

「不可能。你說真的嗎？我知道更有效的是仙水。」

「仙水？送我都不要。」

「你這麼肯定？你試過嗎？」

「沒有。但包柏．潭尼試過。」

「誰告訴你的？」

「包柏自己告訴傑夫·柴契爾，傑夫告訴強尼·貝克，強尼告訴吉姆·哈利斯，吉姆告訴班恩·羅傑，班恩告訴一個黑人，那位黑人告訴我，就這樣。」

「那又怎麼樣？他們都說謊，尤其那位黑人，他是誰？我沒見過不會說謊的黑人，都是騙子！你說說看包柏如何用死貓治療？」

「他拿著死貓，放進裝滿雨水的爛樹幹裡沾濕。」

「眼睜睜看著嗎？」

「應該是吧。」

「他口中有唸什麼嗎？」

「我想沒有吧，不知道。」

「就是囉！哪有人用這麼笨的方法治療疣，那樣沒有效果啦，你一定要自己到森林中，才找得到裝滿仙水的爛樹幹，而且要在三更半夜，背對著樹幹，手放進去，口中唸著：

大麥大麥，還有玉米麩，

仙水仙水，沖走所有疣。

然後快步走十一步，眼睛要閉上，轉圈三次，然後回家，不能對任何人提起這件事，萬一說溜嘴，魔力便失效了。」

「這辦法聽起來不錯，包柏的確沒有這樣做。」

「那就對了，如果他知道眞正的祕方，也不會有這麼多疣在身上了，我手上曾經有幾千個疣，都是用這種方式去除的。」

「那你如何用死貓治療疣？」

「半夜時，拿著死貓到墓地去，一定要去某個埋葬壞人的地方喔，午夜鐘聲一響，魔鬼出現，當他們帶走壞人時，你拿著死貓跟在後頭說：『魔鬼跟隨屍體，貓跟隨魔鬼，疣跟隨貓，一切跟我無關。』然後所有的疣都會不見。」

「聽起來很正點，你試過嗎，哈克？」

「沒有，這是哈普金老太太告訴我的。」

「我想這方法應該沒錯，聽說她可是個巫婆。」

「我早就知道了，她曾經對我爸爸施法術，爸爸親口告訴我，說他來鎭上的那一天便看見她對他施法術，於是爸爸拿起一顆石頭朝她丟去，要不是她躲得快，一定打中，那晚，爸爸喝酒醉倒在木棚子頂上，不小心摔斷手臂。」

「好可怕，他怎麼知道她在施法術？」

「那很容易啊，我爸爸一眼就看出來了，他說如果巫婆一直瞪著你看，那就表示她們正對你施法，特別是她們口中還唸唸有詞，她們一定是唸著上帝的庇護退後。」

「哈克，你什麼時候試試死貓的方法啊？」

「今晚，魔鬼一定會跟隨剛死去的何斯．威廉斯。」

「可是，他在星期六已經火葬了，難道他們不會在星期六晚上帶走他嗎？」

「亂說，不到午夜他們不會有法力，可是一到午夜就是星期日了，我敢說魔鬼星期日不會出來閒晃。」

「我想也是，如果你今晚要去，我也想去看看。」

「好啊，可是你不怕嗎？」

「怕？怎麼會？到時候你喵喵叫，我就會出來。」

「好，如果可以，你回一聲喵叫，讓我知道你聽見了，上一次我一直喵喵叫，結果何老先生丟石頭過來，大叫：去死吧！野貓，然後我就用石頭砸他家窗戶，你別告訴別人喔。」

「我不會說，上次姨媽一直在我身邊盯著我，我不能叫，不過這次我可以。你聽，那是什麼？」

「沒什麼，是隻扁蝨。」

「哪兒弄來的？」

「樹林裡。」

「你會拿牠換什麼？」

「不知道，沒想過要賣掉。」

「好吧，看起來滿小的。」

「不是自己的當然說牠不好，我倒覺得很滿意，對我來說，這隻夠好了。」

「世界上有好多隻扁蝨，如果我想要幾千隻也不是問題。」

「那你爲什麼不要呢？因爲你根本辦不到，這應該是今年第一隻扁蝨吧。」

「我用我的牙齒跟你換扁蝨。」

「我先看看牙齒。」

湯姆拿出一包東西，小心地打開，哈克也仔細地看著，滿吸引人的，終於他說：「這是眞的牙齒嗎？」

湯姆拉開上嘴唇，給哈克看看缺口。

「好吧，成交。」

湯姆將扁蝨放在原本裝甲蟲的雷管盒子。兩個男孩就此告別，各自覺得自己賺到了。

湯姆來到孤立的小小校舍時，他輕快大步邁進教室，一躍跳到座位上。全班正有氣無力地讀著書，高高坐在彈簧座墊的椅子上的老師也忍不住打起盹，讀書聲突然中斷，吵醒了老師。

「湯瑪斯．莎耶。」

湯姆知道一旦老師連名帶姓叫他，那表示麻煩大了。

「是。」

「來這裡，爲什麼今天和以前一樣又遲到了？」

湯姆正準備撒謊時，眼前出現兩條金髮編成的辮子，懸在某人的背上，那是愛情讓人心電感應才認出的倩影，班上女孩座位的那一邊，唯一的空位就在那倩影的旁邊，湯姆不由自主地回答：「因爲我在路上停下來和哈克貝瑞．芬說話。」

老師氣急敗壞，無助地瞪著湯姆，讀書聲凝結在空氣中，同學心想，這個笨蛋吃錯藥了嗎？老師開口說：「你再說一次。」

「我在路上停下來和哈克貝瑞．芬說話。」

老師沒聽錯他的話。

「湯瑪斯．莎耶，這是我聽過最大膽的認罪，我想光是打手心也不足以糾正你犯的錯，外套脫掉。」

老師鞭打湯姆好幾下，直到他無力爲止，棍子幾乎斷了，然後老師才下達命令，「去坐到女孩旁邊，我得給你苦頭吃。」

雖然這讓湯姆很難堪，但實際上這樣的結果正是他所想要的，他想要坐在他所愛慕的女孩旁邊，這對他而言簡直是天外飛來的好運。

漸漸地，大家不再注意湯姆，慣有的讀書聲又再響起，湯姆開始偷偷瞄身旁的女孩，女孩也注意到了，做一個鬼臉，轉過身，背對著湯姆一分鐘，當她又轉過來時，面前出現一顆桃子，她丟開桃子，湯姆便將桃子拾回，並在寫字板上寫著，「給妳，我還有很多。」女孩看了一眼，但沒有任何表示，湯姆於是在寫字板上畫圖，並刻意用左手遮住，一開始女孩不予理會，後來基於人性的好奇心，女孩也不再掩飾想看的欲望，但湯姆仍假裝沒有反應，終於女孩讓步了，有點猶豫，悄悄說：「讓我看看，好不好？」

湯姆半遮半掩，一幅暗淡圖畫中，露出一棟房子的部分，房子兩端有三角形的牆頂，煙囱冒出彎彎曲曲的煙，女孩的興趣更加濃厚，她想了一會兒，悄悄說：「最好再畫一個人。把我也畫進去吧。」

湯姆畫一個漏斗，上頭畫個滿月，加上四肢，手指張開，拿著一個扇子，女孩說：「好棒，眞希望我也會畫畫。」

「很簡單，我教妳。」湯姆小聲地說。

「眞的？什麼時候？」

「中午。妳要回家吃飯嗎？」

「如果你留下來，我就留下來。」

「好，就這麼說定。妳叫什麼名字？」

「貝琪・柴契爾。你呢？喔，我想起來了，你叫湯瑪斯・莎耶。」

「那是當我做錯事的時候老師叫我的名字，我乖的時候叫湯姆，妳就叫我湯姆吧。」

「好吧。」

現在湯姆又在寫字板上塗鴉，並遮住不讓女孩瞧見，但這次女孩不再等待，她懇求湯姆讓她看看，湯姆說：「沒什麼啦。」

「一定有。」

「眞的沒什麼，妳不會想看的。」

「我想，我眞的想，求求你。」

「妳一定會告訴別人。」

「我不會，一千個一萬個不會。」

「妳眞的不會告訴別人？一輩子都不說？」

「我絕對不說，可以讓我看嗎？」

「算了，妳眞的不會想看。」

「既然你這麼說，那麼我看定了，」於是她將手按在湯姆的手上面，兩人搶了一陣子之後，湯姆假裝抗拒，但最後一點一點鬆開，讓字慢慢露出，「我愛妳。」

「你好壞！」女孩打著湯姆的手，臉羞紅，然而非常喜悅。

這時湯姆感覺一隻手突然緊抓著他的耳朵，此時，所有人呵呵大笑，好一陣子老師虎視眈眈地站在湯姆身旁，最後才不發一語地回到自己的寶座上。

當全班安靜下來之時，湯姆也努力想專心讀書，但內心的波濤卻越來越洶湧，後來輪到他上台朗誦時，唸得一塌糊塗；上地理時，他把湖泊當成山脈，山脈當成河川，河川當成五大洲，直到所有東西混成一團爲止；上拼字課時，連最簡單的字都能打敗他，結果成績糟透了，只好把他戴了好幾個月、讓他出盡風頭的錫蠟獎章拱手讓人。

07 惹貝琪生氣

我們完成訂婚儀式了，貝琪，從今以後，除了我之外，妳不能愛別的男孩，不能嫁給別人，永不，知道嗎？

湯姆越努力集中精神在書本上，思緒飄得越遠，最後，他嘆了一口氣打個呵欠，決定放棄。午休時間怎麼還不來？沒有哪一天比今天更讓人想睡覺了，尤其二十五位學生喃喃的聲音像蜜蜂嗡嗡聲般，讓人昏昏欲睡。湯姆的心多麼渴望自由，或者找些有趣的事打發無聊時光也好，手伸入口袋，臉上燃起歡喜的光芒，然後，拿出雷管盒，將裡面的蝨子放在長長的書桌上，也許小生物太感激了，激動地往祈禱者身上一跳，但時機不對，湯姆正好用大頭釘將牠轉了個方向。

坐在湯姆旁邊是好友喬伊．哈波，他也像湯姆一樣無聊得要命，看著湯姆的把戲，精神爲之一振，他倆一向交情甚深，但到了星期六，便是戰爭遊戲裡的死對頭，喬伊拿出一根大頭釘幫蝨子進行轉身運動，兩人對這項運動顯得興趣盎然，但沒多久，湯姆覺得兩人一起玩會彼此干擾，誰都無法盡興，於是拿起喬伊的書板，從中畫條線。

「要是蝨子跑到你那邊，你就有權玩，我不插手，如果你讓牠跑到我這邊，你要停手，直到牠跑過去你那邊爲止。」湯姆說。

「好，開始吧，把牠翻過來。」

蝨子從湯姆這邊逃到另一邊，喬伊玩了一會兒，牠又跑回去，就這樣跑來跑去，一方聚精會神玩蝨子，另一方也是津津有味地看著，兩個人頭靠著頭，緊釘著書板，完全不管外在發生的事；最後，幸運之神眷顧喬伊，蝨子往這邊往那邊走，情緒越來越高昂，和兩個男生一樣興奮，眼見牠就要成功逃離喬伊的擺弄，湯姆也準備接手時，喬伊的大頭針巧妙地將蝨子轉向另一邊，湯姆再也受不了，誘惑實在太強烈，他忍不住伸出援手用大頭針助蝨子一臂之力，此時，喬伊生氣了，他說：「湯姆，你不應該動手。」

「我只是想讓牠動一動。」

「不行，這樣不公平。」

「別這樣，我不會動太多。」

「我再說一次，別動手！」

「不要！」

「牠還在我這邊，你不應該動手。」

「喬伊，你聽好，這是誰的蝨子？」

「管你是誰的，牠在我這邊，你不應該動手。」

「我偏要，牠是我的，我愛怎麼樣就怎麼樣！」

喬伊重重地捶湯姆肩膀一拳，湯姆也回報他一拳，所有人看得津津有味，沒發現老師正悄悄走到他們身邊看了一會兒，才制止兩人。

中午休息時間，湯姆跑去找貝琪，在她耳邊說悄悄話：「戴上帽子，假裝要回家，甩掉同學之後，轉到巷弄再回到學校，我也會甩掉他們，走另一條路回來。」

於是，沒多久兩人在巷子裡遇見，回到學校時，他倆坐在一起，面前擺著一塊畫板，湯姆拿筆給貝琪並握住貝琪的手，一筆一筆畫出美麗的房子；慢慢地，畫畫的興致漸漸消退，兩人開始聊天，陶醉在幸福中的湯姆說：「你看過馬戲團嗎？」

「看過，爸爸說如果我乖乖聽話，他會再帶我去。」

「以前我去過三次，或四次，反正很多次，比起馬戲團教堂無聊透頂，那兒有好多有趣的事，我長大後要到馬戲團當小丑。」

「眞的？太好了，小丑好可愛。」

「對啊，而且可以賺很多錢，班恩說一天一元呢，貝琪，妳訂婚了沒？」

「什麼是訂婚？」

「就是妳跟一個男孩說妳永遠不會愛別人，永遠不變心，然後親吻他。」

「親吻？爲什麼要親吻？」

「爲什麼？妳知道的啊，每個人都這樣做的嘛。」

「每個人？」

「對啊，每個戀愛中的人。妳記得我在書板上寫的字嗎？」

「記……得。」

「我寫了什麼？」

「我不說。」

「那我告訴妳？」

貝琪正猶豫不知如何是好，湯姆將沉默視爲同意，手臂抱住她的腰，嘴貼近耳朵，輕輕地說那句話，然後加上一句：「現在換妳悄悄地對我說同一句話。」

貝琪掙扎一下，說：「你轉過去，不要看，我才說，而且你不可以告訴任何人，答應我。」

「我答應妳，我一定不會說。」

湯姆將臉轉過去，貝琪屈身向前，呼吸撩動湯姆的頭髮，悄悄說，「我愛你。」

湯姆在貝琪身邊要她跟他訂婚，
還要她承諾要永遠愛他。

然後貝琪跳起來，跑掉了，湯姆在後追逐，貝琪最後躲在角落裡，用圍群遮住臉，湯姆環住她的脖子，哀求：「好啦，貝琪，親一下就好了，不要怕，根本沒什麼，求求妳，貝琪。」湯姆拉住她的圍裙和雙手。

慢慢地，貝琪不再抗拒，放下手，臉因爲掙扎而脹紅，於是湯姆親吻紅紅的唇並說：「我們完成訂婚儀式了，貝琪，從今以後，除了我之外，妳不能愛別的男孩，不能嫁給別人，永不，知道嗎？」

「湯姆，除了你之外，我不會愛別人，不會嫁給別人，你也一樣。」

「那當然，雙方都不能，以後上學或放學，沒有人看見時，妳只能和我一起走，舞會上，妳只能選我當舞伴，我也只選妳，訂婚的人都是這樣的。」

「眞幸福，我從來不知道。」

「的確很幸福，我和艾美．勞倫斯以前……」

貝琪睜大雙眼，湯姆才知大事不妙，立刻住口，不知該如何收場。

「湯姆，我不是第一個和你訂婚的人！」

貝琪哭了起來，湯姆急著說：「別哭，貝琪，我已經不喜歡她了。」

「才怪，你還是喜歡她，你心裡最清楚。」

湯姆試圖將手放在貝琪的脖子上，但貝琪一把將他推開，面向牆壁，不斷地哭泣，湯姆試圖安慰她，但貝琪完全不理會，接著，湯姆爲了維護自尊，大步走出去，站在外面，卻焦急不安、不停往門裡看，希望貝琪後悔了，跑出來找他，但是她沒有，湯姆開始害怕自己做錯了，一番掙扎之後，他挺起胸膛走進教室，走到貝琪身邊，站在那兒不知該說什麼，然後吞吞吐吐地說：「貝琪，除了妳我誰都不愛。」

沒有回應，只是啜泣。

「貝琪，求求妳說句話。」

哭得更大聲。

湯姆掏出他最珍貴的寶物，那是壁爐上用的銅手把，湯姆拿到她面前，讓她看見，說：「貝琪，妳拿著它，好嗎？」

她把東西甩到地上，湯姆一氣之下，走出教室，跑到小山丘，下午也沒回到學校上課。

貝琪開始懊惱，坐下來嚎啕大哭，不斷地責備自己。

08 叢林激戰

就在他的名聲如日中天之時，他突然出現在從小生長的村莊，身穿黑色絨布馬甲，腰際掛著馬槍，還有沾滿血鏽的短劍，黑色旗幟展開，所有人喃喃地說：「那是西班牙海黑衣復仇大盜，湯姆．莎耶。」

穿過一條又一條的巷子，湯姆刻意避開回學校上課的學生，接著心煩意亂地跑起步來。他來到一條小溪流，來來回回跳過溪水，因爲小朋友都相信跨過溪水可以擺脫後頭追趕的人；湯姆進入濃密的樹林裡，選擇沒人走過的路徑，直到樹林中央，在一棵枝葉繁盛的橡樹底下，長滿青苔的地方坐下；中午的高溫熱得鳥兒也停止歌唱，整個大自然沉浸在昏昏沉沉之中，湯姆仍舊鬱鬱寡歡，剛好配合周圍寂寥的氣氛，他坐在那兒，手放膝蓋撐著下巴，想著事情，看起來生命眞是麻煩透了，好羨慕最近解脫死去的吉姆．哈傑，沒有煩惱悲傷，只有樹林裡及吹拂墓園小草花朵的清風與他爲伴，日子一定很平靜。他又想起那女孩，不明白自己到底做了什麼。

現在湯姆開始漫天想著人間的煩憂，萬一他一轉身便神祕地消失，該怎麼辦？當小丑的念頭又再度出現，現在卻讓湯姆覺得作嘔，小丑的輕佻、笑話與斑點緊身褲對崇高的靈魂而言，簡直是個侮辱。他不會當小丑，他要當士兵，爭戰多年之後，帶著光榮回到家鄉；不，還有更好的選擇，他應該加入印第安人獵水牛的行列，在山裡走出一條路，在西部杳無人跡的荒野裡奔馳，很久很久以後，當上酋長，插著羽毛畫著黥面，威風地回到主日學校，大吼一聲便足以震懾人心，讓昔日玩伴眼中燃燒著羨慕的火光；喔，不，還有比這更炫的事，海盜，沒錯，就是海盜，方向已經十分明確，未來閃爍著無法想像的光芒，他將叱吒風雲，他的名字令人膽寒，他將駕駛又長又扁的黑色快艇名叫「暴風之神」，嚇人的旗幟插在船頭，迎風飄揚，就在他的名聲如日中天之時，他突然出現在從小生長的村莊，一身風霜，闊步走進教堂，身穿黑色絨布馬甲，寬大的短褲，腳蹬長統靴，赭紅色肩帶，腰際掛著馬槍，旁邊還有沾滿血鏽的短劍，低垂的帽子邊緣飄揚著羽毛，黑色旗幟展開，上面的骷髏頭十字骨一清二楚，他聽見一陣陣狂喜的叫聲，所有人喃喃地說：「那是西班牙海黑衣復仇大盜，湯姆．莎耶。」

就是這樣，未來已經決定了，他必須離開家，實踐未來的夢，也許明天一早立刻出發，現在應該趕緊著手準備，把東西收拾好。他走到附近腐蝕的小木屋用巴羅刀挖掘，沒多久他挖到空心木頭，將手放在上面，嘴裡唸唸有詞：「任何不曾來到此地的靈魂，趕緊出來！任何存在的東西全都留下！」

然後，把泥土撥開，露出一個松木做成的木瓦，湯姆將木瓦做成的寶藏盒拿起來，打開後，裡面有個石彈，湯姆非常驚訝，抓抓頭，滿臉困惑，說：「怎麼有這種事？」

生氣地把石彈丟開，湯姆站起來，若有所思，顯然流傳的迷信根本不靈，而他和夥伴們竟視爲眞理。如果靈驗的話，你把一顆石彈埋在地下，口中唸著咒語，經過十四天之後，再挖出來，並念著相同的咒語，那麼，你以前遺失的石彈都會跑到這裡，不管原先那些石彈分散多遠，但沒想到居然不靈，湯姆的信仰面臨極大的考驗，他曾聽過很多人成功，從未聽到失敗的例子；其實，他忘了以前曾經試過很多次，只是總忘記埋藏石彈的地點。想了一想，湯姆覺得一定是巫婆搞的鬼，才稍微安心，於是他找到一個小沙丘，沙丘底下有個通道，趴下來，湯姆對著通道口大喊：「小甲蟲，告訴我怎麼回事！小甲蟲，告訴我怎麼回事！」

沙丘有了動靜，一隻黑色小甲蟲跑出來，嚇了一跳，又趕緊跑回洞裡。

「牠不說，那麼，一定是巫婆搞的鬼，我就知道。」

他知道和巫婆對抗是沒有用的，只好放棄，同時，他想到剛剛丟掉的石彈還有用處，於是耐心地四處尋找，但就是找不到，回到埋藏寶藏盒的地方，站在剛剛丟石彈的位置，然後拿出口袋裡另一顆石彈，往同樣方向丟出去，說：「去吧，去找你的兄弟吧。」

湯姆看著石彈掉落何處，跑去看，發現不是丟得太近就是太遠，所以他又試了兩次，終於成功找到了，兩顆石彈相距不到一呎。

樹林裡，綠色小徑傳來一陣微弱的玩具號角聲，湯姆立刻將外套、褲子脫掉，將吊帶綁在腰上，到小木屋後方翻開一堆樹葉，拿出粗糙的弓箭、木劍及號角，東西齊全之後，赤腳縱身一躍，上衣在空中飄揚，湯姆窩在榆樹底下，吹起號角以回應來者，接著踮起腳走路，仔細地這兒瞧瞧那兒看看，然後對著假想敵說：「這位大哥請止步，躲起來，直到我吹號角。」

出現的是喬伊．哈波，打扮得和湯姆一模一樣，手裡的道具也樣樣齊全，湯姆大叫：「站住，誰膽敢未經我的許可擅自進入雪屋森林？」

「古斯幫的人，不需任何人的許可，你又是誰——誰——」

「敢如此對我說話？」湯姆幫忙提詞，因為他們的對白來自書本。

「你是誰？敢如此對我說話？」

「我大名鼎鼎羅賓漢，你這無名小卒該知道我是誰吧。」

「你真的是大盜羅賓漢？讓我跟你較量一番，看招。」

兩人拿起木劍，其他道具丟在地上，擺出攻防的姿態，腳對著腳，開始激烈但小心翼翼地戰鬥，「二上二下」的劍法。湯姆說，「要是你真有本事，那我們轟轟烈烈打一場吧。」

於是他們轟轟烈烈打了一場，兩人氣喘吁吁，流了許多汗。湯姆大叫：「倒下！倒下！你怎麼不倒下?」

「我才不!為什麼你不先倒?你明明打不過我。」

「才沒有!而且,我不能倒,書裡不是這樣寫的,書上說羅賓漢從後方打一掌,殺了古斯幫的人,你應該轉過身,讓我打你背部一掌。」

拗不過書本的權威,喬伊只好轉身接受那一掌,然後倒地不起。

喬伊站起來說:「現在換你被我殺死,這樣才公平。」

「我不要,書上不是這樣寫的。」

「眞是可惡,一點也不公平。」

「這樣吧,你演達克修士或是磨坊的兒子馬齊,或者我當諾丁漢的警長,你當羅賓漢,然後殺了我。」

雙方都滿意這樣安排,便按照劇情演了幾回,然後湯姆又變成羅賓漢,這回不小心受了傷,那壞心的修女任他血流不止,終於力氣盡失,最後,喬伊代表所有綠林好漢傷心地拖著羅賓漢的身軀,把弓箭交到他無力的雙手,湯姆說:「箭落在哪裡,我羅賓漢便埋在哪裡。」射出箭後,他便倒下,原本應該已經死了,可是倒下時碰到帶刺的草,於是立刻跳起來,活跳跳地一點也不像屍體。

男孩穿起衣服，藏起演戲的服飾，一邊走一邊感嘆眞實生活中再也沒有綠林好漢，那麼現代文明給了他們什麼以補償這項損失呢？他們寧願在森林中當一年綠林好漢，也不願當上美國總統。

09 腥風血雨的夜晚

兩、三分鐘後，死者、毯子下的屍體、被挖開的墳墓，全都靜靜地躺在那兒，墓園又恢復死寂。

那天晚上，湯姆和席德一如往常九點半被叫上床睡覺，禱告完之後，席德很快便睡著了，湯姆則躺在床上，焦躁且不耐地等著，可是擔心吵醒席德，因此動也不敢動，只能眼睜睜地瞪著黑暗；四周一片死寂，但慢慢地有一點點幾乎聽不見的聲響從寂靜中冒出來，然後開始增強，時鐘滴答聲也越來越明顯，老屋樑神祕地裂開，樓梯發出微微的吱嘎聲，顯然鬼魂都出來活動了；一陣鼾聲從玻利姨媽的房間傳出，還有那蟋蟀催眠般的唱鳴也開始了，再聰明的人也分辨不出從哪兒來的聲音，接下來是床頭邊牆上報死蟲發出咔嗒聲，彷彿正數著某人剩下的日子，嚇得湯姆直發抖；他開始不由自主地打瞌睡，時鐘敲了十一下，他也沒聽見，就在這時，半夢半醒之間，一陣哀怨難聽的貓叫聲吵得隔壁鄰居紛紛打開窗戶，因而打擾湯姆的睡眠，接著鄰居的叫罵聲「死貓，魔鬼，滾開」，以及瓶瓶罐罐打到姨媽柴房後方的聲音，讓湯姆完全清醒，一分鐘後，他穿好衣服從窗戶出去，沿著屋脊爬行，並同時小心地喵喵叫了兩聲，然後跳到小木屋的屋頂，再跳到地面；哈克手拿死貓，正等著湯姆，兩人跑到樹林，消失在黑暗中；半小時後，他們走在高高的草叢中，往墓園前進。

那是個老式的西方墓園，位於山坡上，距離村莊約一哩半，四周用竹籬笆圍起來，有些籬笆往裡傾倒，整個墓園長滿雜草，年代久遠的墳墓早已埋沒在草堆裡，沒有墓碑，只有長滿蛀蟲的板子搖搖晃晃地立著，曾經木板上寫著謹記某某某的字樣，但如今已模糊不清，無法辨識。

「哈克，你覺得死人會不會很不高興我們來這裡？」

哈克輕聲地回應：「天曉得，有點可怕喔？」

「對啊！」

兩人沉默了好一陣子，內心不斷想著這個問題，然後湯姆又說：

「哈克，你想，何斯．威廉斯有沒有聽見我們說話？」

「應該聽見了，至少他的鬼魂聽見了。」

停了一會兒，湯姆說：「我應該尊稱他先生，但我絕沒有不敬的意思，每個人都叫他何斯。」

「總之對死人尊敬一點比較好。」

兩人覺得不安，便停止談話，然後湯姆突然抓住同伴的手，說：「噓！」

「怎麼了，湯姆？」兩人緊緊抱在一起，心跳得極快。

「噓！又來了，你沒聽見嗎？」

「我──」

「你聽！」

「老天！他們來了，沒錯，他們來了，我們該怎麼辦，湯姆？」

「我怎麼知道，他們看得見我們嗎？」

「湯姆，他們就像貓一樣，可以在黑暗中看得一清二楚，早知道不來了。」

「別害怕，我想他們不會傷害我們，我們又沒做什麼，只要我們保持不動，他們不會發現我們。」

兩個人縮著頭，甚至不敢呼吸，一陣模糊的聲音從墓園另一端飄來。

「瞧，那裡，那是什麼？」湯姆輕聲說。

「是鬼火，糟了！」

幾個模糊的身影從黑暗中走來，手裡拿著老式錫燈籠，將地面裝點出一塊塊的光亮。哈克顫抖地說：「一定是魔鬼，總共三個，湯姆，我們死定了，你會不會祈禱？」

「你先別怕，他們不會傷害我們，我試著祈禱：現在我躺下睡覺，祈求……」

「噓！」

「怎麼了，哈克？」

「他們是人，至少其中一個是人，我聽見老波特的聲音。」

「不會吧？」

「沒錯，你不要動，他不會發現，這老傢伙成天喝醉酒。」

「好，我不動，他們停下來了，不會發現我們，又來了，往我們這邊來，又停下來，又走過來，非常接近，哈克，我聽出另一人的聲音，是印江·喬。」

「沒錯，這個殺人不眨眼的壞蛋，我倒寧願他們是魔鬼，他們來這裡做什麼？」

兩人完全不再說話，那三個人已經靠近墳墓，距離湯姆和哈克藏身之處只有幾呎。

「就是這裡。」第三個聲音說道，舉起燈籠，看見魯賓遜醫生的臉。

波特和喬抬著手推車，上有一條繩子和兩個鐵鍬，放下手中東西之後，他們開始挖墓，醫生則將燈籠放在墓前，自己靠著榆樹坐下，就在湯姆和哈克伸手可及的地方。

「動作快點，」他低聲地說，「月亮很可能隨時會出來。」

挖墓的兩人咕噥一句，又繼續挖掘，一時之間，除了鐵鍬挖土拋土單調的聲音之外，再沒有其他雜音，最後鐵鍬敲到棺材，發出低沉的聲音，一、兩分鐘後兩人將棺材抬出來，用鐵鍬撬開蓋子，魯莽地把屍體丟到地上。這時月亮從雲層後面出來，灑下慘淡的月光。手推車已經準備好了，屍體放在上面，毯子覆蓋於上，再用繩子固定，這時波特拿出大摺刀截斷多餘的繩子，然後說：「該死的東西已經弄好了，醫生，你是不是該拿出另外五塊錢，不然就讓屍體放在這兒。」

「說得好！」

「這算什麼，你們要我先付錢，我也已經照做了。」

「你做過的事不只這個，」喬說，醫生已經站起來，喬走到他面前，「五年前我到你家廚房要東西吃，你把我趕走，說我是個沒用的東西，我發誓不管多久我一定找你算帳，然後你父親把我關進牢裡，說我是無業遊民，你以為我忘了嗎？印第安人的血不是白流在我身上，現在我逮到你了，你應該知道怎麼做。」

喬揮著拳頭，威脅醫生，醫生突然一拳打過去，那傢伙倒在地上，波特丟掉刀子，大叫：「你別打我夥伴。」，接著和醫生打起架，這時喬站起來，眼中燃燒著怒火，拿起波特的刀子，慢慢地像貓一樣，站在打架的兩人身旁，找機會下手，突然醫生掙脫出來，拿起威廉斯墓前方的板子，將波特擊倒在地，同時印第安混血兒逮到機會，一刀刺進醫生的胸膛；

醫生倒在波特身上，血流得波特滿身都是。雲遮掩月光，血腥的場面留在黑暗中，湯姆和哈克嚇壞了，趕緊摸黑溜走。

不久，月亮又出來，喬看著地上兩人忖度著，醫生喃喃地說些什麼，深吸口氣之後，便沒有任何動靜，喬說道：「這筆帳總算了結了，你這該死的傢伙。」

接著搜括醫生身上的東西，刀子放在波特的右手後，自己坐在棺材上，三、五分鐘之後，波特慢慢甦醒，哀叫幾聲，握緊右手，舉起刀子，看了一眼，又害怕地丟掉，坐起身，把醫生的身體推開，瞪大眼睛環顧四周，不明白發生了什麼事，然後才發現坐在一旁的喬：

「老天啊！怎麼會這樣？」

喬一動也不動，「眞是悲慘！你何必要殺他？」

「我？我沒有！」

「你看，說什麼也沒用。」

波特嚇得發抖，臉色蒼白。

「我以爲我很清醒，今晚不應該喝酒，我想不起任何事，喬，你老實告訴我，我眞的殺人了？」

「你們兩人打得不可開交，他拿墓碑打你，你倒下後不久又站起來，搖搖擺擺神志不清，接著拿起刀，正當他準備給你另一拳時，你一刀捅進他的胸膛，然後，你也倒在地上，像木頭一樣動也不動直到剛剛，」

「我不知道自己在做什麼，眞希望我也死了，都是酒精惹的禍，加上一時衝動；我從來不曾用武器傷人，喬，別說出去，答應我，不要說出去，你是我的好夥伴，我一向喜歡你，也幫過你，你還記得嗎？別說出去，答應我。」可憐的老傢伙跪在眞凶的面前，握緊雙手，哀求喬。

「我不會說，你一向對我很好，波特，我不會出賣你。」

「喬，你人眞好，像個天使，只要我還有口氣，一定天天爲你祈禱。」波特開始哭泣。

「起來吧，現在要小心別出錯，你走那邊，我往這離開，快走，不要留下任何腳印。」

波特一開始小跑步，接著越跑越快，混血兒看著他離去，自言自語道：「看來他被打得昏頭了，再加上喝酒，腦筋不清楚，他一定跑了大老遠才想到刀子，可是一定沒膽自己回來拿，膽小鬼！」

兩、三分鐘後，死者、毯子下的屍體、沒有蓋子的棺材、被挖開的墳墓，全都靜靜地躺在那兒，沒有人看著，除了月光之外。墓園又恢復死寂。

兩、三分鐘後，墓園又恢復死寂，
彷彿剛才什麼都沒發生。

10 發誓守秘

兩人一前一後，月光下他的臉很清楚，當男人動一下時，湯姆和哈克原本心跳幾乎停止，連逃命的希望也沒了。

兩個男孩拚命跑回村莊，嚇得不敢說話，一邊跑一邊不時回頭看後方，很擔心有人跟蹤，跑過村莊附近的農舍時，被吵醒的狗不停對他們吠，也嚇得他們拔腿就跑。

「在我們跑不動之前，一定要跑到老硝皮廠，但我快撐不下去了。」湯姆輕聲地說，喘得來不及呼吸。

哈克什麼話也不能說，只是用力地喘氣。兩個男孩一心想著目的地，直到最後進入大門，筋疲力竭倒在地上。心跳脈搏慢慢趨緩之後，湯姆輕聲說道：「哈克，你想事情後來會怎樣？」

「如果魯賓遜醫生死了，凶手一定會被處死。」

「你眞的這麼認爲？」

「那當然，我很清楚，湯姆。」

湯姆想了想，說：「那誰去告訴警察？我們嗎？」

「不可以，萬一喬沒被處死，他一定會找我們算帳，我們就死定了。」

「這就是我正在想的問題，哈克。」

「讓莫夫．波特去告發吧，他那麼蠢，又常喝醉。」

湯姆沒說話，邊想邊輕聲說：「哈克，波特根本不知道，他怎麼告訴警察？」

「他怎麼會不知道？」

「喬下手的時候，他已經被醫生打得昏迷，你覺得他看到事情發生嗎？你覺得他知道發生什麼事嗎？」

「對喔，湯姆。」

「還有，醫生那一擊也可能讓他掛了。」

「不可能，湯姆，他喝了酒，我看得出來，他常常如此，我爸爸喝醉的時候，你把教堂砸在他頭上，也驚動不了他，這是他自己說的，波特當然也一樣，反而如果人很清醒，那一擊也許可以致命，我也不清楚。」

想了一會兒，湯姆說：「哈克，你確定保持沉默嗎？」

「我們必須保持沉默啊，你知道的，如果我們說出去，而他又沒有被處死，喬不會放過我們任何一個，湯姆，我們來發誓絕不說出去。」

「我同意，這樣最好，來，握住雙手，發誓我們……」

「這樣行不通，如果小事還可以，對女生也許可以，因爲不管如何，女生最後都不會遵守承諾，而且一生氣就會洩漏祕密，像我們遇到的大事，必須用寫的，而且要用血。」

湯姆太欣賞這個點子，聽起來又刺激又恐怖，而且事情發生的時間地點都十分符合這種感覺，他拿起一個松木做的木磚，從口袋掏出一小塊紅色木板，就著月光用力刻畫字句。

哈克對湯姆流利的書寫能力及優美的語言感到佩服不已，他立刻拿起一根別針準備刺進肉裡，卻被湯姆制止：「住手，不行啊，那別針是銅製的，上頭可能有銅鏽。」

「什麼是銅鏽？」

「是一種毒，只要你呑下去一點點，就明白了。」

湯姆拿出一根針，兩人把大拇指刺一個洞，擠出一滴一滴的血，然後，湯姆以小拇指當筆，簽上名字縮寫，再教哈克如何寫H．及F．，於是發誓的儀式便完成了，他們將木磚埋在牆邊，嘴裡唸著咒語，這麼一來，便如同鎖上他們的嘴，並丟掉鎖匙。

突然，有人從破茅屋另一個洞口偷偷爬進來，但他們並未注意到。

湯姆說：「哈克，發了誓，會阻止我們說出去，是吧？」

「當然，不管發生什麼事，我們就是不說，如果說了，我們會死。」

「我也是這麼想。」

兩人繼續輕聲交談，距離十呎左右，有一隻狗發出長長一聲嗥叫，兩人嚇得抱住對方。

「牠為誰報喪？誰會死？」哈克慌張地問。

「我不知道，來，從這洞口看出去。」

「不要，你看就好了，湯姆。」

「我不行啊，哈克，你來吧。」

「拜託，湯姆，狗又叫了。」

「感謝老天保佑，我認得這聲音，是布爾．哈濱森。」

「如果是眞的，那倒好，可是我告訴你，湯姆，嚇死人了，我打賭那是野狗。」

狗又叫了起來，兩人已經魂飛魄散了。

「那不是布爾．哈濱森，湯姆，去看看吧。」

湯姆只好屈服，一邊害怕得發抖，一邊從洞口看出去，他輕聲細語幾乎聽不見。

「哈克，眞的是野狗。」

「快啊，湯姆，牠指的是誰？」

「一定是我們兩人，我們是一起的。」

「湯姆，我們死定了，我這麼壞，死後一定下地獄。」

「糟糕了，我逃學，不聽大人的話，要是我試著學乖，學學席德，就不會有今天了，如果我這次大難不死，我保證一定乖乖上主日學。」湯姆鼻子一酸，開始落淚。

「你不壞，」哈克也忍不住落淚，「和我一比，你根本是個乖寶寶，老天啊，但願我有你一半好。」

湯姆抽抽噎噎，輕聲說：「哈克，你看那隻狗背對著我們。」

哈克一看，心中雀躍不已。

「是耶，太棒了，一直背對我們嗎？」

「是啊，但是我這笨蛋居然沒想到這點。牠到底爲誰報喪呢？」

狗停止哀鳴，湯姆豎起耳朵，注意聽著：「噓，有聲音。」

「不是豬叫，是打呼聲，湯姆。」

「是嗎？從哪兒來，哈克？」

「應該從另一邊發出的，有時我爸爸睡在那兒，和豬睡在一起，有時他打呼還可以吹起東西呢，可是這時他應該不在鎭上啊。」

冒險的精神又再次抓住兩個男孩。

「哈克，你敢跟我過去看看嗎？」

「我不太想，萬一是喬怎麼辦？」

湯姆也有些退縮，但實在太好奇了，兩人還是同意去看看。走到距離五步遠的地方時，湯姆不小心踩到棍子發出清脆的響聲，男人呻吟了一聲動了一下，月光下他的臉很清楚，是莫夫・波特；當男人動一下時，湯姆和哈克原本心跳幾乎停止，現在知道是他，卻不再害怕，兩人躡手躡腳從破掉的擋風雨木牆走出來，走到一段距離之後，兩人互道再見。

回家後，兩人各自想著這件事，湯姆爬進臥室窗戶時，天已經快亮了，他慶幸沒人發現他跑出去，但他沒發現，輕輕打呼的席德其實醒著，而且醒來一個小時了。

湯姆醒來時，席德早就穿好衣服出去，他突然一驚，爲什麼沒人叫他，又像以前那樣，等他睡飽了再懲罰？他心中有不祥的預感，五分鐘後，穿好衣服下樓，大家都在餐桌前，吃完早餐了，沒有責難的聲音，只有嚴厲的眼神，沉默肅穆的氣氛讓湯姆心中不寒而慄。

早餐後，姨媽把他叫到一旁，湯姆燃起一線希望，以爲終於要處罰了，卻沒有；姨媽哭了，問他爲什麼一再傷她的心，這樣下去會毀了自己，最後姨媽只能抱著傷心遺憾死去，姨媽再怎麼努力也沒有用了，這比鞭子打一千下還痛苦，讓湯姆的心更難過，哭著求姨媽原諒，答應姨媽一定會改，之後姨媽要他去上學吧，可是湯姆心裡覺得姨媽並沒有完全原諒他，因此湯姆感到心事重重。

湯姆難過沮喪來到學校，因爲前一天逃學，他和喬·哈波被老師懲罰，湯姆也默然接受，彷彿心中有更難過的事，所以根本不把小事放在心上，回到座位後，手肘放在書桌上撐著下巴，眼神凝重地瞪著牆壁，痛苦已經到了極限了。

想一想

如果你是湯姆，目睹了謀殺案件，你會怎麼做？

11 良心的煎熬

哈克和湯姆呆呆的站著，瞪著雙眼，聽鐵石心腸的喬如何編故事，兩人心裡不斷祈禱喬遭天打雷劈，卻眼看天譴遲遲不來。

接近正午時分，恐怖的殺人事件引起村莊一股騷動，一傳十，十傳百，速度絕對不比電報慢；下午學校也停課了。

一支血跡斑斑的刀子在死者附近找到，有人認出刀子爲莫夫．波特所有。據說，有人很晚很晚時見過莫夫．波特，大約清晨一、兩點，在湖邊洗澡，接著波特便偷偷溜走了，行徑十分可疑，特別是洗澡，波特從來沒有這樣的習慣，有人還說爲了找出凶手，整個村莊都翻遍了，（看來社會大眾檢驗證據、判定刑責的速度也不慢嘛。）然而，凶手仍未尋獲，搜查隊伍兵分多路，警長有信心一定在天黑之前將凶手繩之以法。

鎮上所有人都往墓園前進，湯姆也加入大家的行列，一股奇異不明的魔力驅使他前往；到達可怕的命案現場後，湯姆小小的身軀鑽入群眾，去看那駭人的場面，自從清晨離開此地，彷彿過了一世紀；突然有人捏他的手臂，湯姆轉身看到哈克，兩人隨即環顧四周，看看是否有人注意到他們眼神詭異，但每個人都忙著說話，專注在眼前嚇人的一幕。

「可憐的傢伙，」「還這麼年輕啊，」「盜墓的人應該有所警惕了，」「莫夫．波特應該抓起來處死，」大家你一言我一句，牧師也說：「這是神的審判。」

湯姆突然渾身發抖，因爲他看見印江．喬冷冷的一張臉，這時群眾已經肯定地大喊：「是他！是他！他來了！」

「是誰？是誰？」其他人問道。

「莫夫．波特！」

「大膽的魔鬼，居然還敢回來，還這麼冷靜地看他的傑作，他大概沒想到有人在這兒。」一位旁觀者說。

大家稍稍讓開，警長來了，神氣地抓著波特的手臂帶領他到現場，可憐的老傢伙一臉疲倦，眼神充滿恐懼，當他面對死者時，不斷地打哆嗦，雙手蒙住臉大哭起來。

「不是我啊，我發誓，我沒有殺他。」

「有人說是你嗎？」

這麼一說切中要害，波特抬起頭，看看四周，眼底流露可憐的絕望，看見喬，便大叫：

「喬，你答應不說的！」

「這是你的刀子嗎？」警長拿到他面前。

若不是有人抓住他，讓他慢慢坐下，波特一定立刻昏倒。

「要不是爲了回來拿……」顫抖的身軀，無力、緊張的手揮一揮，「告訴他們吧，喬，瞞下去也沒有用了。」

哈克和湯姆呆呆地站在那兒，瞪著雙眼，聽鐵石心腸的喬如何冷靜地編織故事，兩人心裡不停祈禱喬遭天打雷劈，卻眼看著天譴遲遲不來，當喬說完事情始末之後，仍活得好好的，湯姆和哈克有點衝動想打破誓言，救救波特凋零的餘生，看來喬這名惡棍已經出賣靈魂給撒旦了。

「你爲什麼不逃，卻還回來呢？」有人問道。

「我沒有辦法，」波特哀嘆，「我也想逃，卻不由自主地回到這裡。」他跪下，抽抽噎噎地哭泣。

幾分鐘後，驗屍時，喬發了誓，又重複先前的說辭，一樣十分冷靜；湯姆和哈克看見天譴始終不來，便十分確定喬和魔鬼打交道了，他們開始覺得喬是他們見過最危險又有趣的人，兩人目不轉睛地看著他的臉。

湯姆和哈克暗自決定，晚上要好好釘著他，也許有機會目睹魔鬼的廬山眞面目。

喬幫忙將屍體搬到推車上，圍觀的群眾突然悄悄說，屍體的傷口流血了。湯姆和哈克心想也許情況有轉機，但他們失望了，因爲幾名村人說莫夫距離屍體三呎時，傷口已經流血。

湯姆心中的祕密、不安的良心讓他一整個星期都無法安眠，有天，早餐時，席德說：「湯姆，你昨天翻來覆去，還說好多夢話，吵得我無法睡覺。」

湯姆臉色發白，目光垂下。

「這是不好的預兆，湯姆，你在煩惱什麼？」玻利姨媽問道。

「沒有，我什麼都不知道。」湯姆手顫抖，把咖啡打翻了。

「可是，你的確說了很多，昨晚你說：『血，血，』而且一直重複，你還說：『不要折磨我，我說……』到底要說什麼？」

湯姆眼前一片模糊，有事要發生了，但好在玻利姨媽一掃疑慮，讓湯姆放下心中大石頭，她說：「還不是那可怕的謀殺案，我每晚都夢見這件事，有時還夢見自己是凶手。」

瑪麗表姊也說自己一樣受影響，席德這才滿意，不再追問，湯姆盡速離開餐桌。從此之後，他以牙痛爲由，每晚都綁住嘴巴才睡覺，但他哪知道，席德每晚不睡覺，把他的嘴巴鬆開，躺在床上手肘撐著頭，等聽他說完夢話之後，再將他的嘴綁起來；漸漸地，心緒平靜下來，裝牙痛的伎倆也顯得麻煩，索性不裝了，而就算席德從湯姆斷斷續續的夢話裡聽出什麼，他也藏在心裡不說。

這段低潮期，每隔一、兩天，湯姆有機會就去牢裡看波特，盡量塞給他一些能取得的小東西；所謂監獄，只是磚塊搭起來的小房間，位於村莊邊緣潮濕地，沒有警衛，因爲村莊付不起費用，事實上，這監獄很少派上用場。能去探望波特，讓湯姆心裡舒坦多了。

12 發狂的貓

湯姆打開牠的嘴巴，倒入解憂劑，然後牠站起來，興奮地跳躍，抬起頭，發出無比快樂的聲音。

湯姆不再想著謀殺案的事，原因之一是有更重要的事情佔據他的腦海，那就是貝琪·柴契爾好多天沒來上學了。起初，湯姆放不下驕傲，掙扎了許久，試著將她拋諸腦後，但終究辦不到。後來，他發現自己沒事就到她家附近閒晃，心情非常悲慘，她生病了，萬一死了該怎麼辦？他不再玩打仗的遊戲，對海盜遊戲也興趣缺缺，生命的樂趣全沒了，只是賴活著；鐵環收起來，球棒也丟到一旁，一點趣味也沒有。姨媽看他這樣很擔心，試了多種祕方，不管是醫生給的，或新發明的藥，只要能治病強身，姨媽都熱中於實驗，一聽到有新花樣便馬上嘗試，倒不是拿自己做實驗，因爲她沒有任何病痛，而是拿身旁的人做試驗。

她剛剛才聽說冷浴療法，現在湯姆無精打采的病情帶給她意外的實驗機會；每天早上天剛亮她把湯姆叫醒，讓他站在柴房裡，然後用冷水沖濕湯姆，再用毛巾全身上下用力擦拭，這麼一來湯姆完全恢復精神，接著用濕布包裹身體，再蓋上幾層毯子，直到滿身大汗便覺通體舒暢。儘管如此，湯姆依舊鬱鬱寡歡、死氣沉沉，姨媽於是用熱澡、坐澡、淋浴及跳澡等各式各樣的方法，而情況並未改善。

此時，湯姆對於姨媽諸多折磨已經變得冷漠不在乎，這反而令姨媽十分驚恐，她剛剛聽說一種解憂劑，便立刻訂購了一些，她堅信解憂劑的功效，給湯姆吃一茶匙之後她焦急地等待結果。終於，她可以放心了，因為湯姆的冷漠已經解決。

其實湯姆覺得該清醒了，心情低潮的情況下，這種生活還算浪漫，但姨媽五花八門的實驗搞得他不勝其擾；他假裝很喜歡解憂劑，主動向姨媽索取，姨媽最後煩了，叫他自己去拿；如果是席德，她一定毫無疑慮，但是對湯姆，她不得不起疑心，她偷偷查看藥罐子，的確慢慢減少，但她沒想到，湯姆拿來治療起居室地板上的縫隙，他當那也是一種病。

有一天，湯姆餵縫隙吃藥時，姨媽的小黃貓走到他身邊，眼睛看著茶匙，喵喵叫，想要嚐一口，湯姆對牠說：「除非你眞的想要，不然不要向我討，彼得。」

彼得喵喵叫，表示眞的想要。

「你最好確定一下。」

湯姆打開牠的嘴巴，倒入解憂劑，接著彼得一跳幾碼高，發出作戰的怒吼聲，在房間不停地跑，撞上傢俱，弄倒花盆，搞得天翻地覆。然後牠站起來，興奮地跳躍，抬起頭，發出無比快樂的聲音，隨即又在屋裡到處亂跑，只要牠經過的地方一定是滿目瘡痍。玻利姨媽恰好進房間，看牠翻了幾個筋斗，一聲歡呼，衝出窗戶，連帶將其餘的花盆也打破，姨媽看了驚訝得說不出話，低下眼鏡仔細地瞧，湯姆躺在地板上，笑得喘不過氣。

「湯姆，貓怎麼回事？」

「我不知道。」湯姆喘著氣說。

「我從未看過牠這樣，你到底對牠做了什麼？」

「我真的沒有，貓高興起來總是這樣。」

「總是這樣，是嗎？」姨媽的口氣不對勁，讓湯姆有些害怕。

「是啊，我相信是。」

「你相信？」

「對。」

姨媽彎下腰，湯姆看著姨媽，有點擔心，太晚了，玻利姨媽發現了床帷下露出茶匙的柄，玻利姨媽拿起來，高高舉著，湯姆有些畏縮，垂下雙眼，玻利姨媽揪住湯姆的耳朵——平時拿慣的手把，把湯姆拉起來用，用她手指上的嵌環重重敲湯姆的頭。

「你為什麼要餵貓吃藥？」

調皮的湯姆將解憂劑餵給貓咪吃，
馬上讓貓咪瘋狂的到處跑跳。

「我同情牠，牠沒有姨媽嘛。」

「沒有姨媽？你這傻東西，和這有什麼關係？」

「有很多關係啊，如果牠有姨媽，就會餵牠吃藥，讓牠火燒肚腸，也不顧牠的感受！」這麼一說，玻利姨媽覺得後悔，她突然了解自己對湯姆做了什麼，如果這樣對貓很殘忍，對小孩也一樣殘忍，她開始軟化，眼睛泛著淚光，手放在湯姆的頭上，輕輕地說：「餵你吃藥，是爲了你好，而且你的確好很多了。」

湯姆抬頭看著姨媽的臉，嚴肅的表情透露一絲絲竊喜：「我知道妳爲我好，我也是爲彼得好，牠吃藥也好多了，牠好久沒這麼活潑，自從……」

「算你有理，別再惹我生氣了，湯姆，你試看看做個好孩子，就不用再吃藥。」

最近一連好幾天，湯姆早早就到了學校，大家都注意這件稀奇的事；另外，最近湯姆只是在學校門口附近閒晃，而不和同伴玩耍；他假裝東張西望，但其實一直注意一個地方——學校前面那條路；傑夫．柴契爾出現，湯姆精神一振，但仔細看了一會兒，又無精打采；湯姆繼續張望，希望什麼時候輕飄飄的裙襬會出現在眼前，可是一旦裙襬的主人不是貝琪時，湯姆便恨得牙癢癢，當再也沒有裙襬出現時，湯姆只好放棄了，回到空盪盪的教室坐下來，痛苦難當；不久，又有裙襬從大門進來，湯姆歡喜地立刻跑出去，像個印第安人又叫又笑，跳過籬笆，翻筋斗倒立，所有英雄的舉動他都做了，同時，不忘偷偷看貝琪是否注意到他，但她好像完全沒注意，他一直接近她身邊表演著精采絕活，不停地發出作戰的呼嘯聲，擠入一群男孩中，一個一個推倒，最後他自己趴在貝琪面前，險些撞倒她，貝琪只是轉身，鼻子抬得高高。

湯姆聽見她說：「有些人就是自以爲了不起，愛現！」

湯姆感覺臉頰發燙，趕緊爬起來，垂頭喪氣地離開。

13 結伴翹家

他們在心底決定，只要他們當海盜一天，絕不再偷東西，絕不讓海盜生涯蒙羞。

沮喪絕望的湯姆心意已決，他對自己說，沒有朋友，沒有人愛，他也曾試著學乖，與人好好相處，但他們不給他機會，是他們逼迫，逼他走上歧途，他別無選擇。

當湯姆走在米道巷時，學校上課鐘聲微微地在他耳邊響起，他哭著，心想再也不會聽見這熟悉的聲音了，雖然很辛苦，但不得已，因爲他被趕到一個冷酷的世界，只得接受，但他會原諒他們。湯姆哭得越來越大聲。

就在這時，他遇見患難之交，喬伊．哈波，他眼神堅定，顯然心中也下了明確而沉痛的決定，原來他們兩人目標是一致的；湯姆以衣袖擦乾眼淚，開始訴說決心逃離沒有愛的家，到外面的世界流浪，永不回來，最後，希望喬伊不要忘了他。

但湯姆的希望竟然也是喬伊的希望，他來找湯姆告別就是爲了告訴他勿忘他，他說媽媽誤以爲他偷嚐乳酪，因而打他，實際上他根本不知道究竟怎麼一回事，分明是媽媽討厭他，想趕他走，果眞如此，他能做什麼？只有屈服，他希望媽媽快樂，以後想起被趕到無情世界受苦的兒子時，希望媽媽不要後悔。

兩個男孩一起走了，心裡非常悲傷，他們決定彼此依靠，就像兄弟一樣，永不分開直到死亡帶走他們的痛苦。他們開始計畫，喬伊想去山洞隱居，啃樹皮為生，直到有天飢寒交迫、抑鬱而終，但聽完湯姆的計畫，他覺得當海盜也不錯，於是同意和湯姆一起去當海盜。

距離聖彼得堡南方三哩處，那兒密西西比河約一哩寬，河中央有個又長又窄、長滿樹林的小島，島的北方有淺灘，是祕密聚會的好地點。距離對面河岸更近，上岸便是濃密且幾乎無人的森林，這個名叫傑克遜的島就這樣被選中，至於海盜搶劫該找誰下手，這個問題他們根本還沒想到；接著，他們去找哈克，哈克立即答應加入海盜的行列，他們決定午夜在村莊北方約兩哩處，河岸邊某個無人處碰頭。

大約午夜時，湯姆帶著煮熟的火腿和幾件小東西前來，他站在小懸崖上，俯瞰他們約定碰面的地方；星光燦爛，寬闊的河面靜靜地躺著，湯姆注意聽著，沒有一點聲音；接著，他吹出一聲低沉清晰的口哨，懸崖下方有人以同樣的方式回應他，然後，有個警備的聲音說：

「來者何人？」

「湯姆．莎耶，西班牙海黑衣復仇大盜，敢問尊姓？」

「哈克．芬，血手大盜，還有喬伊．哈波，海上霸王。」

這些都是湯姆從故事書裡選出的名字。

「好，說出口令。」

在這深沉的夜裡，兩位低沉粗聲地同時說出可怕的字眼：「血。」

湯姆讓火腿滾下懸崖，然後自己也跟著下去，途中磨破了一點皮膚和衣服，其實沿著河岸有好走的路可以到達懸崖底下，但那缺乏危險、困難的刺激，不是海盜喜歡走的路。

海上霸王帶來一大塊培根，費了好大的力氣；血手大盜芬偷來平底鍋和一些曬得半乾的菸草，另外還有一些玉米穗軸，準備拿來做菸斗。除了他自己之外，湯姆和喬伊都沒有抽菸或嚼菸草的癖好；而黑衣復仇大盜說沒有火什麼都沒用，眞是明智啊，這個年代火柴還幾乎沒人知道，他們看見上游一百碼處一艘大筏上有悶燒的火星。於是，他們偷偷到那兒自己取用了一些火種，這過程也被他們弄得像一趟刺激的冒險，三番兩次便發出「噓！」，突然把手指按住嘴唇，一邊前進的同時，手扶在腰際上想像出來的短刀，低聲發號命令說：「萬一敵人有所行動，只好讓他去見閻王。」，因爲「只有死人才不會洩密」。事實上，他們都知道船夫都上了岸，到村裡買東西或喝酒去了，但不管如何，他們都得照海盜的方式辦事。

三個人隨即撐船離開，湯姆發號施令，哈克在後方掌舵，喬伊在前方，湯姆站船中央，眉頭深鎖，手臂在胸前交叉，以低沉、嚴厲但小聲地命令道：「張帆，順風而行！」

「遵命，船長！」

「穩、穩住！」

「穩住了，船長！」

「轉出去一點！」

「轉過了，船長！」

當男孩穩穩地、一板一眼地划到河中央時，毫無疑問，他們都了解這些命令只是爲了表現一種「風格」，並不特別意味實質的含義。

「現在扯的是什麼帆？」

「大橫帆、中桅帆、三角帆，船長。」

「把上桅帆升起來，升到桅杆頂上，喂，你們六個人趕快，升起中桅的副帆，打起精神來呀！」

「是——是，船長。」

「扯開主二接桅帆，拉帆腳索和轉帆索。」

「是——是，船長。」

「快起大風了，往左邊轉舵，風來了，就順風開—往左轉，往左轉，對直開。」

湯姆與哈克信心滿滿的往島上探險。

「是，對直開，船長。」

竹筏已經通過河中央，男孩將船頭調正，放下槳，河水並不高，頂多不到兩、三哩的流速，接下來三刻鐘，他們幾乎不再說話，船慢慢遠離村莊，三兩個燈光閃爍顯示村莊所在位置，遠遠地在這暗淡、寬廣、星光閃耀的河面之外，正安詳地睡覺，完全不知此刻正在進行的大事；黑衣復仇大盜雙手交叉於胸前，站在那兒一動也不動，看著這場景最後一眼，有他過去的歡樂及後來的苦痛，但願「她」看見此時的他，在海上面對危險與死亡也心無恐懼，嘴角揚起冰冷的笑容，向命運迎面走去；約清晨兩點左右，他們將船停泊在島嶼前頭兩百碼一處淺灘，三人涉水來來回回幾趟，終於將船上物品搬運上岸。

走進幽暗的森林中二、三十步的地方，他們靠在一根倒在地上的大樹幹旁生火，用平底鍋煮培根當晚餐，幾乎吃掉一半他們帶來的玉米麵包，看起來在這無人探訪、無人居住的島上的森林處女地，用這樣自由、原始的方式大吃大喝，真是一項值得榮耀的事，遠離人煙，他們心想再也不回到文明世界了。

「快樂吧？」喬伊說。

「簡直快樂得瘋了，那些男孩看到我們這樣，會說什麼呢？」

「說什麼？他們就算死也要來這裡，是吧，哈克？」

「我想是吧，不管怎麼樣，這很適合我，我不會想要比這個更好的生活了，我一向吃不飽，在這裡不會有人來欺負我。」

「這才是人生，」湯姆說，「不需要一大早起床，不需要上學，不需要梳洗。」

「沒錯，的確如此，現在要我選我當然選擇當海盜囉。」

正當湯姆和喬聊得起勁，血手大盜忙著做別的事，他以蘆梗做菸斗筒子，再裝入些菸草，塞入一塊火炭點燃，吸一口，然後吞雲吐霧一番。

哈克問：「海盜都做些什麼事？」

「搶劫啊，攔截船隻、燒船、搶錢，然後埋在他們嚇死人的島上，有鬼怪看著，然後把船上的人都殺了——讓他們從甲板上跳到海裡去。」

「而且他們也會把女人帶到島上，但不會殺她們。」喬伊說。

「他們不殺女人，他們太高貴了，而且女人總是那麼美麗。」湯姆附和。

「還有，他們不會一身邋遢，絕不，他們都是穿金戴銀，還有鑽石。」喬伊熱烈地說。

哈克瞧著自己身上的衣服，很絕望。「我想我穿得一點也不配當海盜，」他帶著悲悽的語氣說。

漸漸地，他們停止談話，睡意開始偷偷爬上這些小流浪漢的眼皮，血手大盜手指上的菸斗慢慢滑落，良心毫無負擔、渾身疲憊的他很快睡著，倒是海上霸王與西班牙黑衣復仇大盜不容易入眠，他們躺下並在心裡禱告，畢竟身旁沒有人命令他們跪下來大聲禱告。禱告完後，很快地，他們昏昏沉沉越來越接近夢鄉，但這時候突然有人侵入，不肯善罷甘休，那便是他們的良心，朦朧的害怕從心中升起，他們害怕這樣逃家是不應該的，接著想到偷來的肉，害怕眞正的磨難緊接著到來，他們犯了聖經裡的誡律，於是，他們在心底決定，只要他們當海盜一天，絕不再偷東西，絕不讓海盜生涯蒙羞，如此良心總算平靜一些，這兩個莫名其妙、說辭反覆矛盾的海盜，才安然睡去。

想一想

湯姆為什麼會產生當海盜的念頭？

14 快樂的海盜隊

突然來了一波浪潮把竹筏沖走，但這讓他們更開心，因爲竹筏沖走就好像他們與文明世界之間的橋樑被燒燬一樣。

清晨，湯姆醒來，不知自己身在何處，他坐起來，揉揉眼睛，環顧四周，才明白一切。喬伊和哈克還在睡覺。

此時，遠遠的森林中，有隻鳥兒鳴叫，漸漸地，灰濛濛的清晨轉白，漸漸地，聲響越來越多種，生命逐漸清醒，大自然甦醒後活躍起來的美妙展現在這冥想的少年面前；一隻綠色小蟲爬過沾著露珠的葉面，當小蟲時而向他走來，時而停住哪兒也不去，弄得湯姆心裡一陣希望一陣失望，最後小蟲彎曲的身體在空中擺動，就在這時，一排螞蟻出現，其中一隻十分英勇，用力抱著比牠大五倍的死蜘蛛，把死蜘蛛硬拉上一棵樹幹；一隻褐色斑點的紅娘子攀上高得令人暈眩的葉尖，湯姆彎下腰，靠近牠說：「紅娘子，紅娘子，趕緊飛回家，房子著火了，小孩沒人照顧。」

於是小蟲子拍拍翅膀飛走了，湯姆老早就知道只要告訴這種蟲子著火了，牠們很容易上當，接著，來了一隻金龜子，氣喘吁吁地用力搬動牠的糞球，湯姆輕輕觸摸小東西，看牠把腿縮回身體裝死的模樣；各種鳥兒這時吱吱喳喳相當嘈雜，有一隻聲音高亢的藍鳥倏地從眼前飛過，一道藍色火燄停在小枝頭，就在湯姆伸手可及的地方，頭斜向一邊十分好奇地瞪著陌生人看，一隻灰色松鼠和一隻看似狐狸的大動物一同匆忙跑來，隔一段時間便坐立著審視，或對男孩吱吱叫，這些野生動物大概從未看過人類，也不知道是否該害怕；此時，整個大自然已完全清醒。

湯姆叫醒另外兩個海盜，他們大聲一呼，吵吵鬧鬧地跑開，不到一、兩分鐘的時間便剝光身上的衣物，在白色沙灘的淺水裡彼此追來追去撞成一團，他們再也不思念廣闊河面的另一邊，遙遠、沉睡中的村莊。突然來了一波浪潮，稍微的漲潮把竹筏沖走，但這讓他們更開心，因爲竹筏沖走就好像他們與文明世界之間的橋樑被燒燬一樣。

一身清爽，心情愉悅，飢腸轆轆的他們回到營地，很快地重新燃起營火，哈克在附近找到清澈的冷泉，他們用寬大橡樹葉或胡桃樹葉做成杯子，水接觸到野生樹木的特殊味道之後更加甘美，是取代咖啡的好飲料，正當喬伊切培根準備早餐時，湯姆和哈克要他等一等，他倆走到河岸丟入釣魚線，沒多久兩人已經提著肥美的石首魚、兩條鱸魚和一條小鯰魚，夠一家子吃到飽。拿魚和培根一起煎，結果讓他們驚爲天人，以前沒嚐過這麼美味的魚。其實，在戶外露天睡覺運動，在河裡洗澡，再加上肚子餓，混合起來變成最佳調味醬。

早餐後，他們躺在林蔭裡休息，哈克抽兩口菸，然後出發到森林裡探險。探險結果發現小島約三哩長，四分之一哩寬，距離對岸最近的地方僅僅以狹窄水道相隔，幾乎不到兩百碼。男孩每小時游一次泳，下午時間過去一半才回到營地，太累了無法釣魚，但冷火腿還是很奢華的享受，吃完後倒在樹蔭底下聊天，但聊著聊著越來越沒話說，終於沉默下來。森林醞釀的安靜與凝重，加上寂寞的感覺，開始在男孩身上發酵，一種無以名狀的思念爬上心頭，即便是芬恩血手大盜，也想念著家門口的階梯和睡覺的大木桶，對於自己的脆弱，三人都覺得丟臉，因此沒人能勇敢說出口。

好一陣子他們隱約意識到遠方傳來特別的聲音，那種聲音就好像時鐘滴答聲，沒有人特別注意但確實存在，神祕的聲音越來越清晰，不得不聽見。男孩們一驚，彼此看了一眼，全都側耳傾聽，經過一陣很長不易被打破的沉默後，一陣既深沉又刺耳的轟隆聲從遠方飄來。

「那是什麼？」喬伊壓低聲音說。

「我也想知道。」湯姆輕聲說。

「我們去看看。」

三人跳起來，趕往面對村莊的岸邊，撥開岸邊的草叢，他們往河上看去，一艘小汽艇距離村莊約一哩遠，隨波漂流，船上寬敞的甲板上好像擠滿人，船的四周好幾個小艇，但男孩無法判斷上頭的人在做什麼，汽艇邊冒出一道白煙，慢慢地散開、升起和懶懶的雲混在一起，那一聲低沉震撼的聲音又再度傳入聽者的耳裡。

「我知道了，有人淹死了。」湯姆大叫。

「一定是的，去年夏天，比爾杜納溺水時，他們也是這樣在河上發射卡農砲，想要把他喚起，而且通常有人溺水時，人們會把一條條麵包裡面灌入水銀，然後讓麵包浮在水上，溺水的人便會在麵包的地方浮起來靜止不動。」

「我也聽說這種事，不知道麵包怎麼辦到的？」喬伊說。

「其實並不是麵包的力量，我猜是開始之前他們對著麵包唸咒語。」湯姆說。

「但是他們沒有對麵包唸咒語，我親眼看見，沒有唸咒語。」哈克說。

「那就奇怪了，也許他們在心裡默唸了，一定有唸啦，誰都知道啊。」湯姆說。

另外兩人都同意湯姆的話有道理，因爲一團無知的麵包沒有咒語的指導，不可能這麼神奇達成這麼重要的任務。

「眞希望我在那裡。」

「我也是，眞想知道誰溺水了。」

男孩繼續聽著看著，此時一個想法閃過湯姆腦袋，他恍然大悟，大叫：「嘿，我知道誰溺水了，是我們啊。」

一下子他們覺得好像成了英雄，得到了不起的勝利，有人想念他們，爲他們哀悼，想起過去對這三個失蹤少年如此不仁而自責，大家沉溺在於事無補的後悔懊惱中，最棒的是他們成爲鎮上談論的焦點。

後來他們捉魚煮晚餐，猜測鎮上的人怎麼談論他們，想到大家因爲他們而面帶憂傷的畫面，看了眞是心滿意足。但是當夜色漸深，他們慢慢停止談話之後，坐在那兒看著火光，心思卻飄到別處，興奮感消失了，湯姆和喬伊無法不想到家裡的人，他們不能像自己這樣玩味這個樂趣，兩人心中出現懷疑，越來越困擾且難過，不自覺地嘆了一、兩口氣。喬伊膽怯地試探另外兩人對於回到文明不知做何感想。

湯姆以嘲笑的方式潑喬伊冷水，哈克沒有家人牽掛，所以和湯姆看法一致，動搖的喬伊趕緊解釋一番，很高興最後洗刷膽小鬼想家的惡名。內鬨目前已有效平息。

夜越來越深，哈克開始打瞌睡，然後打呼，然後喬伊也接著進入夢鄉。湯姆枕著手臂一動也不動，看著熟睡的同伴好一陣子，最後他小心翼翼地起身跪著在草地上尋找，營火照出湯姆擺動的身影，他撿起幾片大塊的洋梧桐半圓形的白色薄皮，仔細看一下，最後選了其中看起來適合的兩塊，然後他跪在營火旁，以紅赭石用力地在上頭寫東西，捲起其中一個放入自己的口袋，另一個放在喬伊的帽子，又將帽子挪到接近喬伊的地方，他也放進去一些小學生視爲無價的寶貝，其中有一塊粉筆、一個印第安橡皮球、三個魚鉤，還有一種人稱「道地水晶球」的大理石，然後他踮起腳尖，輕聲地走入樹林，直到他覺得不會被聽見時，才賣力跑了起來，朝沙灘的方向而去。

想一想

本章描述了許多奇妙的動物與大自然景色，你最喜歡哪一段描寫？

15 偷溜回家

玻利姨媽跪下來爲湯姆祈禱，老邁而顫抖的聲音，帶著無限的愛，話還沒說完，湯姆已成淚人兒。

幾分鐘後，湯姆已經在沙洲的淺水灘，朝向伊利諾那邊的河岸走去，他已經走到一半的地方了，但水深及腰，水流不可能容許他涉水走下去，於是他自信滿滿地開始游完剩下百碼的距離，他往上游，但仍然被沖下來，速度比他預期還快，然而最後他還是到達岸邊，慢慢隨著水漂流，直到找著低窪處，才上了岸。湯姆把手伸入外套口袋，發現那張樹皮安然無恙，然後一身濕淋淋沿著河川衝過樹林；快十點時，湯姆來到村莊對面一處空地，發現汽艇停靠在樹蔭下，高高的河岸邊上；閃爍的星光之下，一切都很安靜，湯姆爬下河岸，張大眼睛看，溜到河裡，游三、四步後，爬上在船尾那艘如同跟班的小艇上，躺在坐板底下等待，不停地喘氣。

現在，破鐘聲敲響，一個聲音下令解開繩子，一、兩分鐘後小艇的船頭被大船激起的浪花沖得高起，湯姆很高興自己成功了，他知道這是今晚最後一班船，等船停下來，湯姆又摸黑溜下船，游泳到下游五十碼的地方上岸。

他從很少人走的巷子裡飛也似地來到姨媽屋後的圍牆，翻過圍牆，走近側門，從起居室的窗口看進去，那兒燈火通明，裡面坐著玻利姨媽、席德、瑪麗表姊和喬伊．哈波的媽媽，他們聚在一起聊天，旁邊有張床，就在他們和門之間。湯姆走到門邊，開始輕輕地抬起門栓，然後輕輕地推開，門開了一個縫，他繼續小心地推開門，每次門發出嘎吱聲，都讓湯姆膽戰心驚，直到湯姆覺得門縫夠大可以跪著擠進去時，他先把頭伸進去，再謹慎地前進。

「蠟燭怎會搖晃得這麼劇烈？」玻利姨媽問道，湯姆加緊步伐，「門怎麼開著？怎麼會呢？我明明關上了，最近怪事不斷發生，沒完沒了，去關上門，席德。」

湯姆及時躲到床下，他躺在那兒喘了幾口氣，然後爬到幾乎可以摸到姨媽腳的地方。

「我是說，」玻利姨媽說，「他也沒那麼壞，只不過調皮搗蛋罷了，你知道只是頑皮，輕浮了一點，冒失了一點，雖然有點不負責任，但是他沒有壞心眼，是最好心的小孩。」姨媽哭了起來。

「我的喬伊也是這樣，總是做各種頑皮搗蛋的事，但他從不自私，而且盡可能仁慈，而我竟然爲了乳酪打他，我再也看不到他了，可憐的小孩。」哈波太太抽抽噎噎地哭著，彷彿心都碎了。

「我希望湯姆現在過得很好，要是他以前乖一點……」

「席德，」湯姆雖然沒看見，也能感覺到老太太銳利的雙眼，「湯姆已經走了，不准說他壞話，上帝會好好照顧他，你煩惱自己的事就好。哈波太太，我就是無法放下他，我就是無法放下啊，雖然他老是折磨我這把老骨頭，但是他仍然是我的心肝。」

「上個星期六我的喬伊才在我鼻子底下放鞭炮，被我打得半死，我那時怎麼會知道他這麼快就……，如果能再重新來過，我一定會抱住他，庇護他。」

「是啊，是啊，我了解妳的感受，哈波太太，我完全了解妳的感受，不久前，昨天中午吧，我的湯姆拿解憂劑塞給貓吃，我只想到小東西把房子給弄得亂七八糟，上帝原諒我，所以我用嵌環打了湯姆的腦袋，可憐的孩子，死得好可憐，但是現在他所有煩惱都沒有，我聽到他對我說的話，就是責怪……」

這個記憶對老太太來說有些無法承受，於是她完全住口，湯姆擰擰鼻子，主要是可憐自己而非別人，他聽得見瑪麗在哭，有時爲他說好話，令湯姆覺得自己頗了不起。姨媽的悲傷足以令他感動，很想即刻衝出床底下，讓姨媽歡喜一場，但他還是忍下衝動。

湯姆繼續聽著，一點一點了解事情始末，原來一開始大家猜測湯姆他們去游泳結果溺水死了，後來其他男孩說失蹤的三人曾經說過鎮上即將有大事發生，聰明的人從這些資料東拼西湊認爲三人一定是乘著竹筏出去，應該會在下游村莊出現，但接近中午時，竹筏被發現靠在密蘇里的岸邊，位於村莊南方五、六哩處，於是希望破滅了，他們可能溺水死了，要不然就算遲一點，天黑之時也會肚子餓趕回家才對，大家還相信找尋屍體的努力不會有結果，因爲他們應該是在河道中央落水溺斃，否則他們都很會游泳，理應可以自己游上岸，現在是星期三的晚上，如果到了星期日還找不著屍體，所有希望都泡湯了，星期日早上會舉行告別式。湯姆打起寒顫。

哈波太太啜泣道再見後，轉身要離去，兩位同樣傷心欲絕的太太相互擁抱，又哭了一會兒才分開。玻利姨媽向席德和瑪麗道晚安，語氣比從前更加溫柔，席德吸吸鼻子，瑪麗則哭到心碎。

玻利姨媽跪下來爲湯姆祈禱，她的話如此感人如此迷人，老邁而顫抖的聲音，帶著無限的愛，姨媽還沒說完，湯姆已成了淚人兒。

湯姆必須在姨媽上床之後，繼續保持安靜不動，因爲她不時說著心碎的話，不安地翻來覆去，終於安靜下來，仍偶爾在夢中發出哀鳴。此時湯姆偷偷出來，在床邊慢慢起身，用手遮掩燭光，站在那兒看著姨媽，湯姆心裡很不忍心，他拿出梧桐白色樹皮，放在蠟燭旁邊，可是他突然想到一件事，猶豫了一下，之後想到解決辦法臉上露出喜色，趕緊將樹皮放回口袋，彎下腰乾親吻姨媽漸枯的嘴唇，然後直接偷溜出去，並將門拴上。

湯姆一路蜿蜒回到汽艇停靠的地方，見四處無人便大膽地上船，他很清楚船上除了睡得像死人一樣的守衛，沒有別的乘客，湯姆解開綁在船尾的小艇，溜進去，趕快小心地往上游划船，距離村莊一哩遠時，他開始斜轉船身橫渡過去，一心一意地拚命滑著。他很準確地將船靠了岸，他跟自己說小艇也算是一艘船，因此也是海盜下手的目標，於是又回頭抓住小艇；但他也了解人們一定會大舉搜查尋找小艇，那麼很可能會敗露事情眞相，於是他跳上岸，往森林跑去。

湯姆想好好休息，同時又強忍著不讓自己睡著，然後才疲憊地往下游走去。夜即將過去，當他發現自己走到島上的沙灘對面時，天色已泛白，他又再休息一會兒，直到太陽升起，將河面照耀得金碧輝煌，這才跳入水中，一會兒之後湯姆在接近營地的地方停下來，一身濕漉漉，湯姆聽見喬伊說：「不會的，哈克，湯姆說到做到，他一定會回來，他不會拋下我們不管，他知道這麼做對海盜而言簡直是恥辱，驕傲的湯姆不屑做這種事，他一定有要緊的事。到底是什麼事呢？」

「一定是我們的事，對吧？」

「大概是吧，但也未必，哈克，他寫著如果早餐之前還沒回來，這些東西就屬於我們了。」

「他現在不是回來了嗎？」湯姆一面大叫，一面神氣地踏進營地，充滿戲劇效果。不久，豐盛的早餐，培根加魚，已準備好。當他們正享用食物時，湯姆述說（並加油添醋一番）他的經歷，說完原委之後，三個人洋洋得意，好像自命不凡的英雄。最後湯姆找個隱匿的樹蔭睡覺直到中午，另外兩位海盜則出發去釣魚及探險。

16 當海盜的最後一天

暴風雨以無可匹敵的力量，彷彿一瞬間就要將小島撕成碎裂，轟得讓島上每個生物再也聽不見。

晚餐後，這群海盜出發去沙灘尋找烏龜蛋，三人走來走去用棍子戳沙地，只要發現土石鬆軟的地方，便跪下用雙手挖掘，有時一個洞可以挖到五、六十顆蛋，圓圓的白色小東西還比英國胡桃小一點，當天晚上他們享用一頓有名的煎蛋大餐，星期五早餐後，三人玩到筋疲力盡，跑到又乾又熱的沙地上，整個身體舒展開來躺在地上，用沙子蓋住全身，然後再去水裡玩，再重複一次剛剛的遊戲，後來他們想到赤裸的皮膚十分酷似肉色的緊身衣，於是在地上畫個圈——三個小丑站在裡面，誰也不肯將這最榮耀的位置拱手讓人。

接著，他們拿彈石玩「換窩兒」、「扔坑」、「擊準」——直到玩膩了爲止，喬伊和哈克又去游泳，可是湯姆可不敢，因爲當他脫掉褲子腳一踢，連帶將腳踝上一串響尾蛇的響尾輪踢掉了，湯姆想不透的是失去這神奇力量的保護，他剛剛怎能游那麼久而沒抽筋呢，可是現在發現不見了，說什麼也不敢去游了。等到喬伊和哈克游累了上岸休息時，三人各自分散隨意走走，心情都很低沉，湯姆發現大腳趾在沙地上寫著貝琪，趕緊擦掉，氣自己如此軟弱，但忍不住又寫了一次，再擦掉，試圖逃出這強烈的誘惑。

但喬伊低落的情緒幾乎無法挽救，他太想家了，所以忍受不了這種煎熬，眼淚就要奪眶而出；哈克也相當鬱悶，湯姆雖然心情低迷，但不敢表現出來，他心裡藏了一個不能說的祕密，但如果三人因沮喪的情緒而起內鬨的話，他會全盤說出。湯姆試著表現出愉快的樣子，並說：「我打賭，這島上一直有其他海盜，他們一定在某個地方藏了寶藏。」

湯姆的提議只引起些微的熱情，而熱情沒多久便消褪了，沒有人回答，湯姆又試了其他誘惑，可是全都失敗，最後喬伊開口：「不如我們放棄吧，我想回家，這裡好荒涼。」喬伊吸吸鼻子想哭。

「好吧，我們讓愛哭的小嬰孩回去找媽媽吧，哈克，我們留下好嗎？」

哈克說：「好啊。」語氣並不真心。

「只要我還活著，我再也不想和你說話了。」喬伊很不高興地走開，去穿起衣服。

「誰在乎啊，」湯姆說，「沒人要你和我說話，回家去吧，準備被人家笑吧，好一個海盜，哈克和我可不是愛哭的小嬰孩，我們留下來，哈克，他想要就讓他走。」

其實湯姆的心裡十分不安，緊張地看看喬伊悶悶不樂繼續穿衣，看到哈克一直哀怨地看著喬伊準備離去，三個人保持可怕的沉默，讓湯姆很不舒服。此時喬伊不說一句道別的話，直接涉水走到伊利諾的岸邊，湯姆的心直往下沉，他看哈克一眼，哈克受不了湯姆的眼神，垂下雙眼，然後他說：「我也想走，這裡越來越荒涼，會越來越糟，湯姆，我們走吧。」

「我不走，如果你要走就走，我要留下來。」

「湯姆，那我只好走了。」

「走啊，誰攔住你了。」

哈克開始收拾散落一地的衣物，他說：「我希望你一起走，現在你想一想，我們到岸邊時會等你。」

「那你們一定會等很久，就這樣了。」

哈克難過地走了，湯姆站在那兒看著他的背影，心裡有種強烈的欲望在拉扯，他希望他們會停下來，但他們依然慢慢地涉水走了，經過最後的掙扎，他衝出去追趕同伴，大叫：「等等啊，我有事想告訴你們。」

哈克和喬伊都停下來轉過頭，湯姆追上他們之後，開始娓娓道來其中的祕密，他們凝重地聽著，最後了解湯姆的道理時，兩人都歡呼大叫太棒了，並說如果湯姆一開始就說出來，他們不會想走掉，湯姆講了一個可信的藉口，但其實他眞正的理由是害怕這個祕密也不能留下他們多久，所以他只好保守祕密，當作最後一招。

男孩很高興地回頭，又再次去玩耍，不停地說湯姆的計畫多麼出人意外，多麼好，不停讚美湯姆的聰明。晚餐吃完精緻的蛋和魚之後，湯姆說他想學抽菸，這點子也吸引喬伊，他說也想試試，於是哈克製作菸斗塞菸草，這兩個菜鳥以前除了抽葡萄藤做的雪茄之外，從未抽過菸，而那種菸刺得舌頭很痛，卻顯現不出一點男子氣概。

此時，他們以手肘撐著頭躺著，開始吞雲吐霧，又小心又害怕，菸有種難聞的味道，他們咳了一下子，但湯姆說：「原來這麼簡單呀，如果我知道這麼簡單，我早就學了。」

「我也這麼想，沒什麼嘛。」喬伊說。

「我好幾次看人抽菸，心裡也想抽，但從來沒試過。」湯姆說。

「我相信我們整天抽菸斗都行，」喬伊說，「我一點也不覺得難受。」

「我眞希望那些男孩看到我們這麼神氣。」

「我也是。」

「嘿，你們別再說這些了，哪天他們在場時，我會說喬伊有沒有帶菸斗，我想抽煙，然後你們滿不在乎，好像沒什麼大不了似的說：有啊，我有帶我自己的老菸斗，還有另一支，可是我的菸葉不怎麼好，然後我會說：那不要緊，夠強就行了，然後你們拿出菸斗，我們若無其事一同點菸，看看他們什麼表情。」

「我的天啊，那一定很好玩，」湯姆說，「眞希望就是現在。」

他們一直講個沒完，但此時談話開始越來越沒勁，喉嚨的痰怪異地增加，每一次都讓他們想嘔吐，兩個男孩看起來十分蒼白可憐，喬伊的菸斗從緊張的手指落下，湯姆的也一樣，終於喬伊微弱地說：「我的刀不見了，我得去找找。」

湯姆嘴唇不停顫抖，忍住嘔吐說：「我幫你，你到那邊，我到泉水附近找找看。不，不，你不需要來，哈克，我們去就行了。」

於是哈克坐下來等了一個小時，當飯後哈克準備菸斗，連他們的菸斗也一起準備時，他們拒絕了，表示身體不太舒服，都怪晚餐吃的東西使得胃腸不舒服。

大約午夜時，喬伊醒來，並叫醒另外兩人。空氣中有某種沉重的壓迫感，彷彿預告什麼不祥的事，三個男孩抱在一塊，他們坐著靜止不動，聚精會神等待，除了火光，一切都呑沒在黑漆漆的夜裡，此時出現一道搖晃的光亮，樹影朦朧，亮光忽明忽滅，一會兒又出現另一道更強的光亮，接著一陣微弱的呻吟聲和嘆息聲從樹林間傳過來。男孩想像也許是夜晚的幽靈經過身旁，不禁全身發抖。突然之間，一陣深沉轟隆隆的雷聲從天空翻滾而下，低沉的回響消失在遠方，一陣寒冷的空氣掃過，火堆旁的灰燼被風吹起，又有一道強光照亮樹林，隨即出現很大的碎裂聲，彷彿要將樹頂打在男孩的頭上。他們緊緊抱在一起，十分恐懼，心情也隨之降到谷底，然後幾滴雨打在樹葉上。

「趕快跑到帳篷那兒。」湯姆大叫。

三人跑了起來，黑暗中被樹根糾結的藤蔓絆倒，三人的方向各不相同。一陣爆裂聲響起，劃過樹林，所有動物也隨著鼓譟起來，一道又一道亮得讓人睜不開眼睛的光，緊接而來，一陣又一陣震耳欲聾的雷聲響徹雲霄，此時大雨傾盆直直落下，一陣強風將雨水沿著地面吹起，宛如一件件床單，男孩大聲呼喊彼此，但呼嘯的強風與雷電交加急速打下來，震天價響，完全淹沒他們的聲音，儘管如此，他們最後還是一個接一個走進帳篷避風雨，那充當帳篷的老舊船帆啪哷啪哷地飄動，根本讓他們聽不見彼此，暴風雨越來越強烈，此時老船帆掙脫固定的釘子，隨著強風飛走，男孩彼此握著手，一起走到河岸邊大橡樹下躲著，此時是風勢雨勢最猛烈的時候。暴風雨以無可匹敵的力量，彷彿一瞬間就要將小島撕成碎裂，燒掉它、淹沒它、吹走它，轟得讓島上每個生物再也聽不見，對於三個流浪在外無家可歸的少年而言，這眞是個狂嘯的夜晚。

最後，戰火終於停了，男孩們回到營地，但仍然感謝上蒼，因爲他們遮風避雨的大無花果樹已經被閃電給毀了，幸好災難發生時他們人並不在底下。

營地裡的東西全都濕透了，營火也是如此。他們根本沒有想到攜帶雨具。然而沮喪之中，他們發現當初緊靠著樹幹底下生火，火勢往上延燒（樹幹往上彎曲離開地面），因此有巴掌大的火苗沒有被雨淋濕，三人便在樹幹倒下形成遮蔽的地方，找到一些碎片和樹皮，收集起來生火，終於火又再度燃起。他們烘乾那些已煮過的火腿，大吃一頓之後，坐在火堆旁誇大讚揚所經歷的一切，一直聊到早晨，反正附近也沒有乾的地方可以躺下。

當陽光不知不覺灑在他們的身上，睡意才征服了三人。他們到沙灘上躺下睡覺，慢慢地覺得越來越炙熱才無精打采地去準備早餐；吃飽之後，大家又開始想家了，湯姆發現情況不妙，趕緊找到一個新玩意引起兩人的興趣：暫時不當海盜，改扮演印第安人，於是沒多久三人便將衣服脫光，從頭到腳抹上泥巴如斑馬似的，三人都是酋長，接著，他們穿越樹林去找個白人攻擊。

後來，他們又分別是三個敵對的部落，一邊發出嚇人的呼聲，一邊從埋伏的地方衝出，攻擊對方，把對方殺死，剝千百次的頭皮，這一天充滿血腥，因此也令人暢快無比。

大約晚餐時間，他們聚在營地，此時出現一個難題：敵對的印第安人若不先和平相處，如何能分享友善的麵包呢？若不一起抽根和平菸，簡直不可能解決，除此之外，他們沒聽過其他和平示好的方式，湯姆和喬伊恨不得自己仍是海盜，而非印第安人，然而別無辦法了，於是盡量鼓起愉快的精神，他們把菸斗要過來抽，按照儀式輪流抽一口。

瞧他們又高興自己是印第安人了，因爲他們有了新收穫，發現自己可以抽一點菸，而不需要藉口去找不見的刀子而溜走，也沒有噁心到不舒服的地步。

想一想

誰最先放棄了海盜生活？你覺得放棄是懦弱的行為嗎？

17 復活的喜悅

當教堂的門打開的一剎那，全體民眾站起來瞪著眼前的景象，死去的男孩們從走道走上前。

同樣是平靜的星期六下午，小鎮上卻沒有一絲歡樂氣氛。雖然平時也很安靜，但這一天村莊籠罩在不尋常的安靜之中，村民心不在焉地處理自己的事務，小朋友的心情也變得沉重，無心玩遊戲，於是漸漸就不再玩了。

下午的時候，貝琪．柴契爾發現自己抑鬱不樂，在沒有人的校園裡非常地憂愁，卻找不到任何慰藉，她自言自語：「唉！要是我留下他給我的火爐架銅手把就好了，現在我沒有任何讓我懷念他的東西。」貝琪忍住一陣抽噎。

此時她停下腳步，又對自己說：「就是在這裡。如果能夠再重來一次，我不會說那樣的話——無論如何，我也不會那麼說，但現在他已經走了，我再也、再也、再也見不到他了。」

想到這裡讓貝琪崩潰了，她趕緊離開，淚水順著臉龐留下來；接著，一群男孩女孩——都是湯姆和喬伊的玩伴——走過來，從慘白的圍牆看過去，以尊敬的口吻談論湯姆如何又如何，說到他們上次見到他的情景，談到喬伊說這說那等等一些小事情。」，接著大家爭執到底是誰最後見到他們，然後紛紛提出證據，最後獲勝的一方開始覺得自己有種神聖的重要性，其他人則是十分羨慕，其中一位可憐的傢伙沒有任何光環讓大家羨慕，只好驕傲地追憶道：「湯姆．莎耶曾經揍過我。」

這番想得到榮耀的企圖結果是失敗了，大部分的男孩都有這樣的經驗，於是便顯得沒有什麼價值。一群人漸漸走開，繼續回憶死去少年英勇的事蹟，語氣中充滿敬畏。

隔天早晨，主日學校上完課之後，鐘聲不是平時的叮噹聲，而是大鐘的響聲，現在仍是安息日，哀悼的響聲正符合此時籠罩一切的冥想、靜默氣氛，村民開始聚集在通廊的地方，稍微停下來與人輕聲談論這件令人難過的事，但到了屋內所有人都不再說話，只有婦女走到座位上時，喪服發出窸窣聲打破沉默；以前沒看過教堂聚集這麼多人。最後，在一陣等待的靜默中，一陣期待的無言中，玻利姨媽進入教堂，後頭跟著席德和瑪麗，緊接著是哈波一家人，全都穿著深黑色衣服，在場所有人包括牧師在內，全都帶著敬意起立並站著，直到服喪的家人在前排的位置上坐下，接著又是一片親密的沉默，偶爾被模糊的嗚咽聲打破，接下來，牧師展開雙手祈禱，動人的詩歌響起，接著是經文，「我是復活我是生命。」

正當儀式進行時，牧師描繪出死去男孩們的美德，在在說明他們甜美、慷慨的本性，人們可以輕易體會這些片段多麼崇高、美麗，當牧師說著一件件往事時，全體會眾越聽越感動，最後大家情緒崩潰，和服喪的家人一起激動地哭起來，講道人自己也忍不住情緒在講台上哭泣。

此時，教堂的門打開，牧師從手帕上抬起淚眼，驚訝得呆立在那兒，首先是一雙接著又是另一雙眼睛，跟隨牧師的視線看去，然後幾乎是一剎那間，全體民眾站起來瞪著眼前的景象：死去的男孩們從走道走上前，湯姆在前，接著是喬伊，最後是一身破爛、怯怯懦懦尾隨在後的哈克；他們一直躲在沒有使用的樓廂，聽著自己的喪禮進行。

玻利姨媽、瑪麗，以及哈波一家人飛奔撲上前，擁抱復活的男孩，不停地親吻，讓他們透不過氣，嘴上不停地說著感謝的話，而哈克站在那兒很害羞，渾身不自在，不知道到底該做什麼，該到哪兒躲避這麼多不歡迎的目光，猶豫一下後，他想溜走，卻被湯姆抓住，湯姆說：「玻利姨媽，這樣不公平，應該有人表示高興看見哈克回來。」

「對啊，應該的，我很高興看見他，沒有媽媽的可憐孩子。」玻利姨媽大方給予的關愛，反而讓哈克比先前更加不自在。

突然，牧師放聲大吼：「感謝上帝賦予一切的恩澤，歡唱吧，全心全意大聲唱出來。」所有人唱著歌「頌歌百首」，響亮的聲音帶著勝利的歡呼揚起，當歌聲震撼屋樑時，海盜湯姆環顧四周，看看那些欣羨的小孩，湯姆暗自在心中承認，這是他一生最驕傲的時刻。

失蹤的三個男孩突然出現，
大家的臉上浮現不可思議的表情。

當這群被騙的會眾步出教堂時，他們說只要能聽到如此宏亮的聲音歡唱「頌歌百首」，他們寧願再被愚弄一次。

那天，湯姆得到的耳光和親吻——完全視玻利姨媽心情轉變而定——比過去一年還多，他實在搞不清楚究竟哪一個最能充分表達對上帝的感激，與對自己的愛。

想一想

湯姆三人死而復活，為什麼村民們沒有感到憤怒，而是復活的喜悅。

18 第一次的嫉妒

貝琪和艾爾菲．譚普舒服地坐在一起看圖畫書，頭緊靠在一起，妒忌立刻在湯姆的體內竄流。

那就是湯姆的大祕密——計畫和他的海盜弟兄回家出席自己的喪禮。星期六黎明破曉時，他們以浮木划至密蘇里那邊的河岸，在村莊南方五、六哩處上岸，然後在小鎮邊界的樹林裡過夜。天剛亮他們便偷偷穿越後方小巷弄，再到教堂的樓廂，在一堆殘破的長椅中補充睡眠。

星期一早餐後，玻利姨媽和瑪麗對湯姆十分和藹，注意著他的各種需要，大家比平常有更多交談。過程中玻利姨媽說：「湯姆，我不能說這不是個有趣的玩笑，但你們讓大家受苦一整個星期，而自己卻玩得開心，你怎麼如此狠心，讓我如此受苦？真是可悲！如果你能漂著浮木回來參加喪禮，那你也能回來用某個方式暗示我你沒死，只是蹺家而已嘛！」

「就是嘛！湯姆，」瑪麗說，「如果你有想到，你一定能做到。」

「你會不會這麼做呢，湯姆？」玻利姨媽的臉露出期待的表情，「嘿，現在假設你有想到這點，你會不會這麼做？」

「我啊——我不知道，那會把一切搞砸。」

「湯姆，我希望你有那麼愛我，」玻利姨媽說，語氣帶著悲傷，讓男孩頗難過。「如果你很在乎，你一定會想到，就算你沒有那麼做，只是想到，那也就夠了。」

「姨媽，反正沒造成什麼傷害，」瑪麗說，「湯姆只是頑皮而已——他就是那麼莽撞，沒有想太多。」

「眞是可悲啊！若是席德他一定會想到我，他會來告訴我。湯姆，希望有一天不管你做什麼，你會回頭想一想，如果發現太遲了，我眞希望你多想到我，這不會太費事。」

「姨媽，你知道我很在乎妳。」湯姆說。

「你多做些事，好讓我知道你在乎。」

「我現在也希望當時有想到，」湯姆帶著懺悔的口吻說，「那時，我夢見妳這樣夠不夠？」

「不夠——貓也會做夢——但總比沒有好，你夢見什麼？」

「星期三的晚上，我夢見妳坐在床那邊，席德坐在木箱上，瑪麗坐在他旁邊。」

「的確，那天是如此，我們總是這樣坐著啊，我很高興你肯這麼費力夢見我們。」

「我還夢見哈波太太也坐在這裡。」

「她的確在這裡，你還夢見什麼？」

「很多，但現在有點模糊，不太記得了。」

「試著想想——好不好？」

「好像有風——風吹著那——那——」

「再用力想啊，湯姆，風吹什麼東西？快呀。」

湯姆手指頂住額頭，焦急地想，一分鐘後，他說：

「我想到了，我想到了，風吹著蠟燭。」

「感謝上蒼保佑！繼續，湯姆，繼續啊。」

「好像，妳說我以爲門——」

「繼續啊，湯姆。」

「讓我想一下——一下就好，對了，妳說妳以爲門是開著的。」

「就像我現在這樣，我當時坐在這兒，是不是啊，瑪麗？繼續。」

「然後——然後——我不太確定，好像妳叫席德去——去——」

「怎麼樣？怎麼樣？我叫他去做什麼？我叫他去做什麼？」

「妳叫他去——對了——去關門。」

「啊，感謝上帝！我一輩子沒聽過這種事，別告訴我夢裡面沒有其他事情，待會兒，我去看哈波太太，告訴她這件事，看她怎麼用迷信的說法解釋，繼續啊，湯姆。」

「現在我記憶越來越清楚，就像大白天一樣，接著妳說我不壞，只是調皮搗蛋，沒有責任感的……好像是小毛頭什麼的。」

「沒錯，就是這樣，太棒了，繼續啊，湯姆。」

「接著，妳開始哭泣。」

「沒錯，我的確如此，也不是第一次了，然後呢——」

「然後，哈波太太也開始哭泣，說喬伊也是如此，說那天她自己把乳酪丟了卻打喬伊，她很後悔。」

「湯姆，你被鬼魂附身嗎，你會預言，眞是太神奇了，繼續啊，湯姆。」

「然後，席德說——說——」

「我沒說什麼啊。」席德說。

「有，你說了一些話。」瑪麗說。

「閉上嘴，讓湯姆繼續，他說了什麼，湯姆？」

「他說，我記得他說，希望我到了那個地方，快樂一點，但要是我以前乖一點——」

「嘿，你們聽到沒？這就是席德說的話。」

「然後，妳很嚴厲地叫他閉嘴。」

「我眞的這麼做，當時一定有天使在場，天使一定在某個地方。」

「哈波太太還提到喬伊用鞭炮燙傷她，妳提到彼得和解憂劑的事——」

「眞的，一點也沒錯。」

「然後，你們又聊很多在河裡打撈我們的事，聊到星期天的喪禮，然後你和哈波太太相擁哭泣之後，她回家去了。」

「事情就是這樣發生，的確如此，湯姆，你說的和眞實一模一樣，就好像你親眼看見一樣。然後呢，湯姆？繼續說。」

「然後，我記得妳爲我祈禱，我可以看見妳，聽見妳說的每個字，然後妳上床睡覺，我很抱歉，所以在一片無花果樹的樹皮上寫下我們沒有死，我們只是跑去當海盜了，把它放在桌上蠟燭旁邊，然後妳看起來很高興，躺在那兒睡著了，我還記得我走過去，彎下腰，在妳的嘴上親了一下。」

「是嗎？你眞的這麼做了，我什麼都可以原諒。」姨媽抱住男孩，幾乎要把他壓扁了，這時湯姆覺得自己是所有壞人中最壞的一個。

「眞的很好心，雖然只是個夢。」席德自言自語，聲音不大不小，剛好被聽見。

「閉嘴！席德，一個人在夢裡做的事和醒來時沒什麼兩樣。湯姆，這顆大蘋果我一直爲你保留，準備在你被找到後給你，現在去上學吧。感謝上帝，我們慈愛的天父，讓你回到我身邊，只要相信祂，信守祂的教誨，一定能通過折磨，得到慈悲，雖然我知道自己不配上帝的恩賜，但如果只有配得上的人才能得到上帝庇佑，上帝才會伸出援手幫他們走過荊棘的道路，那麼大概只有幾個人在臨死斷氣之前能含笑而終，能到上帝那兒安息了。席德、瑪麗、湯姆，去上學吧，你們耽擱我很久了。」

小孩上學去了，老太太前去拜訪哈波太太，拿湯姆的夢擊潰她所信仰的眞實。倒是席德出門時，心裡已經有了結論，但理智告訴他還是別說出口比較妥當，他的結論就是：「這麼長的夢不可能沒有一點差錯。」

現在，湯姆成了大英雄，他不再活蹦亂跳，而是威風凜凜地走路，彷彿變成一個海盜，同時感覺到所有目光都集中在他身上，事實也是如此，走過大家面前時，他試著不去看他們的表情，不去聽他們說了什麼，但這些可是他賴以爲生的食物與飲料啊！年紀比他小的男孩聚在他的跟前，彷彿被別人看到自己和他在一起，受到他的包容，也是件榮耀的事；湯姆好像成了遊行隊伍最前頭的鼓手或是領著動物園進入小鎭的大象；與他同年齡的男孩假裝沒注意到他失蹤很久這檔事，但其實羨妒慕嫉正吞噬他們，如果能換來湯姆那一身黝黑、古銅色的皮膚，那光耀的名聲，要他們放棄什麼都行，但即使給湯姆一個馬戲團，他也不願放棄兩者之中任何一個。

學校小朋友如此恭維、讚美湯姆和喬伊，眼神傳達如此清楚的崇拜，兩位英雄沒多久便趾高氣揚，驕傲得令人受不了；他們開始向飢渴的聽眾高談自己的歷險記——一旦開始，必定沒完沒了，豐富如他們的想像力，一定會添油加醋，最後當他們拿出菸斗，平靜地抽兩口菸時，榮耀達到最高點。

湯姆決定現在不再受貝琪的影響，榮耀已經足夠，而他就是爲了榮耀而活，既然他已出名，也許她會想要「復合」，好吧，就讓她——她應該瞧瞧湯姆像某人一樣的冷漠；此時，貝琪走到湯姆的面前，他假裝沒看見便走開，加入一群男生女生之中，開始聊天，不久，他發現貝琪紅著臉，眼神閃爍，高興地走來走去，也假裝忙著追逐同伴，每捉到一個便高興地尖叫，而且他也注意到她總是在湯姆的附近捉到同伴，同時，好像有意識地將目光往他這邊拋來，這大大滿足湯姆惡意的虛榮心，如此一來，貝琪的招術不但沒有贏回湯姆的心，反而讓他擺起架子，使他更加努力不動聲色，繼續假裝不知道她在附近；現在貝琪不再和同伴鬧來鬧去，焦躁不安地走來走去，嘆了一、兩次氣，偷偷地渴望地看湯姆一眼，然後發現湯姆正專注跟艾美·勞倫斯說話，貝琪內心一陣刺痛，既苦惱又不安，她試著走開，但不聽使喚的雙腳卻將她帶到那群人面前，藉故對著一個幾乎靠近湯姆胳臂的女孩說話，「瑪麗·奧斯汀，妳這壞女孩，為什麼星期日沒去主日學校？」

「我有去，妳沒看到我嗎？」

「才沒有，妳有去嗎？妳坐哪兒？」

「我坐在彼得小姐附近，我一向坐在那裡啊，我有看見妳。」

「真奇怪，我沒看見妳。我想跟妳說野餐的事。」

「真的？誰要舉行野餐？」

「我媽讓我舉行的。」

「太好了，希望她能讓我參加。」

「當然，野餐是為我舉辦的，所有我想邀請的人，我媽都會讓他們來，我想邀妳。」

「真是太好了，什麼時候？」

「不會太久，大概放暑假的時候吧。」

「那該多好玩呀，男生女生妳都會邀請嗎？」

「對呀，我所有朋友——還有想和我交朋友的人。」貝琪渴望地偷看湯姆一眼，但他繼續和艾美．勞倫斯形容島上那場可怕的暴風雨，閃電如何將那棵高大的無花果樹劈成「粉碎」，而當時他就「站在距離三呎的地方」。

「我也能參加嗎？」葛蕾．斯米勒問。

「好啊。」

「那我呢？」莎莉．羅傑問。

「歡迎。」

「那我呢？」蘇西．哈波問，「還有喬伊？」

「一起來吧。」

除了湯姆和艾美那群人之外，全都來問貝琪，求她邀請他們，大家高興地拍手，但湯姆冷冷地轉身，帶艾美離開，仍然繼續聊天，貝琪氣得嘴唇顫抖，眼淚浮上眼眶，她仍勉強裝出開心的樣子，掩飾心中的難過，並繼續和人閒聊，但野餐已經沒有任何意義了，所有事情都失去樂趣。沒多久，她便離開人群，把自己藏起來好好哭一場，就像女孩說的那樣。然後她坐在那兒，自尊心受傷，情緒低落，直到鐘聲響起，這時她起身，眼底燃燒著報復的怒火，甩甩辮子自言自語說，她知道該怎麼做了。

下課的時候，湯姆繼續和艾美調情，心情愉快又滿足，同時他晃來晃去尋找貝琪的蹤影，想讓她看看這個場面來傷害她，不時地監視她的反應；突然，他的心情也往下降，因爲他發現在教室後方的小板凳上，貝琪和艾爾菲．譚普舒服地坐在一起看圖畫書，他們是如此專心，頭緊靠在一起，似乎毫無意識到周遭的世界。妒忌立刻在湯姆的體內竄流，他開始恨自己竟然丟掉貝琪提出的復合大好機會，他罵自己笨蛋，以及所有他想得到的難聽名字。他苦惱得想哭，當他們一邊走著，艾美仍繼續快樂地說著話，因爲艾美的心情極好，但湯姆的舌頭彷彿打了結似的，同時也聽不進艾美說什麼，每當艾美停下來等他回應時，他只能支支吾吾結巴地回答「是呀」，常常答非所問，湯姆仍不斷晃去教室後方，令他痛恨的場景一次又一次燒痛他的眼睛，但他就是沒辦法，看到貝琪——如他認爲他所見到的——從未察覺世上還有他的存在，湯姆便怒火中燒；然而事實上，貝琪看到了，她還知道她已經贏了這場戰爭，很高興看到他像她先前那樣受盡折磨。

艾美．勞倫斯興致盎然的閒聊使他變得難以忍受，湯姆暗示著有要緊事，一定要去處理，而時間不多了。但全都無效，艾美繼續吱吱喳喳，湯姆心想：我眞的甩不掉這傢伙嗎？最後，他說眞的有急事要辦，艾美還天眞地說放學後她會等他，然後湯姆趕緊走掉，心裡恨死她了。

「隨便一個男生都行，」湯姆咬牙切齒地想著，「鎭上隨便一個男生都可以，除了那個自以為聰明的聖路易斯男孩，一身漂亮打扮，還以為自己是皇家貴族。好吧，你第一天來到鎮上，我已經揍過你了，先生，我現在再揍你一次，等著瞧，看我非逮到你不可！」

湯姆想像面前有個人，並做出各種揍人的動作，對著空氣拳打腳踢，手指一抓，挖人家的眼睛，「哈，你服輸了，是吧？哀哀叫夠了沒？給你一個教訓，學著點。」想像自己痛打對方，直到心滿意足才結束。

中午湯姆時跑回家去，因為他的內心再也無法忍受艾美滿心歡喜的閒聊，他的嫉妒心再也經不起其他悲傷。貝琪和艾爾菲．譚普回到圖畫書上，但一分一秒過去了，仍不見受折磨的湯姆，貝琪的勝利也就顯得黯然失色，於是，她不再對圖畫書感興趣，不久，便覺得心情沉重，心不在焉，腳步聲出現兩、三次，她豎起耳朵，卻都失望了，不是湯姆，最後，她越來越難過，眞希望自己沒有做得如此過分，可憐的艾爾菲眼見失去貝琪卻不知道該怎麼辦，只能一直大叫，「妳看這個好好玩喔！看這裡！」但貝琪已經失去耐性，大吼：「不要煩我，我不喜歡這些東西！」突然哭出來，起身走掉了。

在一旁的艾爾菲心情也落到谷底，想要試著安慰貝琪，但貝琪卻說：「走開！別管我好不好！我討厭你。」

男孩停在那兒，不明白自己做了什麼，她剛剛還說想要整個中午都看圖畫書呀，貝琪一直走一直哭，當艾爾菲邊想邊走進空盪盪的教室，心裡覺得被羞辱很生氣，他很快便找出事實眞相，原來女孩只是利用他發洩對湯姆．莎耶的恨意，想到這點，艾爾菲簡直恨透了湯姆，他眞希望想個辦法讓湯姆惹禍上身，又能不波及自己，此時他看到湯姆的課本，機會來了，他很高興地將書本打開，翻到下午要上的那一課，並將墨水倒在那一頁上。

此時，貝琪正在窗外，艾爾菲背對著她；貝琪看見了這一幕，趕緊走開，沒讓人發現她，便往回家的方向走去，想要告訴湯姆，這麼一來湯姆一定很感激她，他們之間的不愉快都會過去，然而還沒走到一半，她改變主意了，想到當她提起野餐的事情時，湯姆對她的態度，貝琪心裡像被火燒一樣難受，於是惱羞成怒的她決定讓湯姆因爲課本損毀而挨老師的鞭子打；此外，她還決定一輩子恨他。

19 說溜嘴的後果

姨媽說著：「這是多麼幸福的謊言，我想上天一定會原諒他，因爲他還是心地善良的。」

湯姆心情沮喪回到家，而姨媽對他說的第一句話，讓他覺得帶著悲傷回家眞是個錯誤決定。

「湯姆，我眞想活剝你的皮！」

「姨媽，我做了什麼？」

「你做的事可多了，我到希瑞妮．哈波家，像個老笨蛋，還以爲我可以讓她相信你胡說八道的夢，可是她早已從喬伊那兒得知你回來過，偷聽我們那晚的談話，湯姆啊，做出這種事的小孩以後會變成什麼樣？我眞的不知道啊，想到你讓我去到希瑞妮．哈波家，讓我被人家當傻子笑，卻不吭一聲，我心裡覺得好難過。」

事情又出現新發展了，之前他還以爲早上的花招很好玩，很聰明，現在只顯得卑鄙下流，他低下頭，一時間不知道能說什麼，然後他才說：「姨媽，我但願自己沒做出這樣的事，我沒有想太多。」

「孩子啊，你從來不會好好想一想，你除了自私自利之外，從來沒有想到別人，你會想到晚上從傑克遜島大老遠跑回來看我們苦惱很高興，你會想到編一個夢的謊言來愚弄我，可是你卻沒有想到可憐可憐我們，幫我們省去憂傷。」

「姨媽，我現在知道這很卑鄙，但我並不想卑鄙，說實話，我眞的不想，而且那晚我回來看到你們難過，我一點也不高興。」

「那你回來做什麼呢？」

「我想告訴妳不要爲我們擔心，我們沒有淹死。」

「湯姆啊，湯姆，如果我相信你曾經想到不讓我們擔心，那麼我一定是這世界上最滿足的人了，但你知道你從不——我太了解你了，湯姆。」

「眞的，我眞的想過，姨媽，我發誓，如果我沒有想到，讓我馬上死了。」

「湯姆，不要說謊，不要發誓，這樣只會使事情糟糕一百倍。」

「我沒說謊，是實話啊！姨媽，我想要免去妳的悲傷——所以我才回來啊。」

「我很願意相信你，如果眞是這樣，那可抵銷所有的罪惡，我可能還會很高興你行爲不檢，蹺家去玩，可是這樣不合道理，孩子啊，爲什麼你不告訴我呢？」

「妳看，姨媽，當妳提到喪禮的事情，我就想到我們可以那天回來躲在教堂，我不忍心破壞這麼好的點子，所以我只好把樹皮放回口袋，什麼都不說，保持沉默。」

「什麼樹皮？」

「我有寫字的樹皮呀，要告訴妳我們只是去當海盜，現在我倒希望那天我親妳時，妳醒來——眞的，我說的是實話。」

姨媽臉上嚴厲的線條終於逐漸放鬆，突然，她眼底出現一片溫柔。

「你眞的親我，湯姆？」

「眞的啊。」

「你確定，你那時親了我？」

「眞的，我確定，姨媽。」

「你爲什麼親我，湯姆？」

「因爲我很愛妳，妳躺在那兒低泣，讓我心裡難過。」

「這些話聽起來頗像實話。」老太太掩不住顫抖的聲音說。

「再親我一次，湯姆——好啦，現在回學校去，別再煩我了。」

湯姆一走掉，姨媽趕緊跑去衣櫃拿出那件湯姆穿著去當海盜的破爛夾克，然後，她停下來，手中拿著夾克說：「我不在乎，可憐的孩子，我想他一定又說謊了，但這是個多麼幸福的謊言，從這謊言，我得到許多安慰，我希望，上啊，我知道上天一定會原諒他，因爲他心地良善，才會說這個謊，但我不想追查究竟，這是不是謊言，我不想知道。」

姨媽把夾克放在一邊，站在那兒沉思一會兒，她又伸出手拿起夾克，又把剛剛說過的話重複一遍，她又勇敢地去拿夾克，這次她鼓勵自己說：「那是善意的謊言，善意的謊言，我不會再爲它傷心。」於是她伸手摸摸夾克口袋，沒多久，她含淚讀著湯姆寫字的樹皮，然後說道：「就算他犯了一百萬個錯，我也原諒他！」

想一想

為什麼姨媽認為湯姆又說謊了，而且說的是善意的謊言？

20 英雄救美

湯姆跳起來大叫：「是我做的。」貝琪眼睛流露出驚訝、感激與崇拜，他挨一百下鞭打也值得了。

當他們親吻的時候，一定是玻利姨媽的某種態度讓湯姆的煩惱一掃而空，讓他恢復輕鬆愉快。走回學校時，他恰巧在米道巷口遇見貝琪．柴契爾，湯姆的行爲向來依心情而定，沒有一絲猶豫，他跑到貝琪身邊說：「我今天眞的很差勁，貝琪，對不起，只要我還活著，我以後再也不會那樣了。我們合好，可不可以？」

女孩停下腳步，一臉不屑地看著湯姆：「如果你管好自己，那我一定感激不盡，湯瑪斯．莎耶先生，我以後不會再和你說話。」

貝琪甩甩頭走開，湯姆太震驚了，以至於壓根兒沒想到應該回嘴，誰稀罕，自以爲是，等到回過神來，時機已過，於是他什麼也沒說，但他還是相當生氣，悶聲不響走去遊樂場，若她是個男孩那就好辦，於是湯姆將她想像成男孩，把她痛打一頓。這時他又遇見她，從她身邊走過時，丟出一句尖酸刻薄的話，貝琪也不甘示弱地反擊，兩人徹底斷交；恨透了湯姆，貝琪迫不及待馬上上課，等不及看湯姆因為書本損壞而挨揍，原本她還有一點點猶豫要不要揭穿艾菲爾．譚普，現在那一點點猶豫也完全被湯姆的惡言惡語趕走了。

可憐的貝琪，還不知道自己正一步步接近麻煩。道賓先生，也就是學校老師，已過中年，胸懷壯志卻未得到滿足，他最渴望的志向是成為醫生，但家境貧窮讓他只能做個小鎮的學校老師。每天他從書桌抽屜拿出一本書，有時候，沒有課的時候，他便專注地讀著沒人知道那是什麼的書，他總是將書鎖在抽屜裡，除非想死，學校再頑皮的學生也不敢偷看那本書一眼，而且也沒有任何機會，大家對於那是怎樣的書都有一套看法，但沒有人的看法是一致的，也沒有辦法找出事實眞相。

這時，貝琪走過靠近門口的書桌旁，她注意到鑰匙還掛在抽屜上，這可是大好時機，她左看右看，發現四下無人，接著下一秒，那本書已握在她手中，書本封面標題寫著某某教授的解剖，貝琪根本搞不清楚那是什麼，然後她開始翻開書本，看見一張雕刻精緻，色彩很美的捲手插畫，畫中是一個人全身赤裸，就在這時，一個人影落在書頁上，湯姆．莎耶走進了教室，看到了圖畫，貝琪趕緊蓋上書本，結果很不幸地，那插畫被撕到一半的地方，情急之下，迅速將書丟到抽屜，轉一轉鑰匙鎖上抽屜，懊悔又煩惱地哭了起來。

「湯姆．莎耶，你眞是夠卑鄙，竟然悄悄跟在別人身後，偷窺別人在看什麼。」

「我怎麼會知道妳正在看東西呢？」

「你該覺得丟臉，我知道你想要打小報告。我該怎麼辦？我該怎麼辦？我一定會挨打，我在學校從來沒被打過。」

然後，貝琪跺著腳說：「如果你高興，就去當小人，去打小報告吧，我知道接下來會發生什麼事，你只想等著看好戲，可惡！可惡！太可惡了！」貝琪衝出教室又哭了出來。

湯姆站在那兒，一動也不動，被貝琪這麼一說，有點狼狽。然後，他對自己說：

「女生眞是奇怪的東西，在學校從來沒被揍過。無聊！挨揍算什麼！女生就是這樣，皮膚細膽子小！好吧！我不向老道賓打小報告，要報復這個小笨蛋，還有其他辦法，不會太卑鄙的辦法，但到底有什麼辦法呢？老道賓一定會問誰撕破他的書，一定不會有人回答，然後，一定像他以前做的那樣，他一個一個問，直到找對女生，不需要那個女孩告訴他，他就知道答案了，因爲女生的臉色總是洩漏機密，她們一點骨氣也沒有，到時候貝琪就會挨揍，貝琪死定了！不可能脫身！」湯姆反覆想著這件事，然後又說了一句：「好吧，既然她想看我進退兩難的樣子，就讓她一直緊張到最後吧。」

湯姆到外頭加入一群學生笑鬧的遊戲。幾分鐘後，老師來了，該上課了。湯姆對上課實在沒有濃厚的興趣，每當他往教室女生那邊看過去，貝琪的臉總叫他迷惑，怎麼想他也不願意可憐她，但無論如何只有可憐她才能幫她，他一點也沒有稱得上愉快的感覺；這時，湯姆發現自己的課本上灑滿墨汁，一時之間滿腦子想著自己的事；倒是貝琪提起精神，沮喪不再令她無精打采，反而興味盎然地等著瞧接下來的好戲，她不認爲湯姆否認自己灑墨汁在課本上就能夠脫罪，的確，貝琪想得沒錯，否認只會對湯姆更加不利，貝琪以爲她會爲此高興，而且她也試圖相信自己眞的很高興，但她發現她自己也不確定是否眞的高興，當最糟的狀況都已經發生，她有一股衝動想站起來告發艾爾菲．譚普，不過一直努力忍住，勉強自己坐著不動——因爲她告訴自己：「他一定會說出我撕破插畫的事，我一句話也不會說，絕不救他一命！」

湯姆接受鞭打後回到座位的時候，並沒有心碎的感覺，因爲他認爲自己的確有可能在不知情的狀況下，打翻了墨汁，弄黑了課本，可能是在嬉鬧的時候吧——一開始的否認只是爲了形式，按照慣例大家都會先否認呀，他也只是堅持否認的原則罷了。

整整一個小時過去了，老師坐在位置上開始打盹，嗡嗡的讀書聲瀰漫空中，使人昏昏欲睡；很快地，道賓先生坐直身子，打呵欠，然後打開抽屜伸手去拿書，似乎正猶豫要拿出來還是要放下；大部分的學生懶洋洋地抬頭看，其中有兩個人特別注意看老師的一舉一動，有那麼一陣子，道賓先生出神地用手指撫摸他的書，然後把書拿出來，在椅子上坐好來，準備要開始讀了！湯姆往貝琪那兒看了一眼，他在貝琪的臉上看到一個被獵殺的兔子才有的無助表情，好像她真的是那隻兔子，而槍正指著兔子的腦袋；剎那間，他忘了與她之間的爭執，得快一點——該採取行動！迅速的行動！但緊急事故越來越逼近，讓他頓時麻痺，想不出任何辦法。有了！——他想到點子了！他跑去把書搶過來，從門跳出去，飛奔不見了，但他的決心動搖了一下，結果錯失良機——老師已經打開書了。若是湯姆錯失的機會能夠再回頭，那就好了；可惜太晚了，湯姆心想，這下貝琪沒救了。接著，老師面向同學，在他的凝視之下，每個人都垂下目光，他的眼神讓無辜的人也飽受驚嚇。沉默持續著，大約是從一數到十那麼久，老師怒火中燒，他說：「誰把書撕破了？」

沒有一點聲音，如此安靜甚至還可以聽見一根針掉落地上，沉默持續一段時間，老師仔細搜查一張一張的臉，想要找出罪惡感的痕跡。

「班哲明．羅傑，是你把書撕破嗎？」

他否認，接著又是一陣沉默。

「喬瑟夫．哈波，是你嗎？」

他也否認，緩慢的審問過程，讓湯姆的不安越來越重。老師眼睛一排一排掃瞄男生一遍，想了一下，然後轉向女生。

「艾美．勞倫斯，是妳撕的？」

她搖搖頭。

「葛蕾絲．米勒，是妳？」

答案也一樣。

「蘇珊．哈波，是妳做的？」

又是否定的答案。接下來是貝琪．柴契爾。湯姆興奮得從頭到腳全身顫抖，感覺到情況非常絕望。

「瑞貝卡．柴契爾，」湯姆轉頭看著她，她的臉已嚇得發白，「是妳？嗯，看著我的臉，」她的雙手無助地抬起來，「是妳撕了這本書嗎？」

湯姆的腦袋閃過一個想法，彷彿被雷電打中一樣，他跳起來大叫：「是我做的。」

全班困惑地瞪著這位令人不敢相信的笨蛋，湯姆站了一會兒振作精神，當他走出去接受懲罰時，貝琪眼睛流露出驚訝、感激與崇拜，全都照耀在他的身上，他挨一百下鞭打也值得了。湯姆的光榮舉動鼓舞了他自己，他沒有哀號，默默地接受道賓先生執行過最無情的體罰；同時，他也面無表情地接受另一個殘酷的命令，放學後留校兩個小時，他很清楚有一個人會在校門口等他，直到禁令解除，那麼無聊又漫長的兩小時也不算損失。

湯姆替貝琪挨打，

但也讓兩人感情迅速增加，馬上和好。

那天晚上，湯姆心裡計畫著如何報復艾爾菲．譚普。貝琪十分羞愧後悔，所以把事情始末都告訴湯姆，當然她並沒有忘記提到她自己設計的圈套。湯姆雖然一心想著報復，但沒多久還是忍不住回想甜美的事情，最後睡著時，今天貝琪最後說的一句話還盤旋在耳邊：「湯姆，你怎能這麼崇高！」

21 朗誦比賽後的計謀

貓絕望的爪子抓住老師的假髮，老師沒有假髮的光頭散發多麼耀眼的光芒。

暑假即將到來，平時校長總是很嚴格，這個時候更加嚴格，而且不斷激勵學生，因爲他希望全校同學在表演會上有很好的表現。他的棍子和教鞭很少停歇，至少他對低年級的同學是如此，只有十八、二十歲的大男生和淑女能逃過他的鞭策。道賓先生的鞭子算是強而有勁的那種，雖然戴著假髮，底下是個大光頭，但他年紀不過四十出頭，肌肉還相當有力，當暑假一步一步接近時，他身上潛藏的暴君傾向也慢慢浮現，彷彿處罰一點點的小差錯就能滿足他報仇的樂趣。結果造成年幼的學生白天在驚懼苦難中度過，晚上則絞盡腦汁計畫如何報復老師，他們絕不會放過任何捉弄老師的機會，但老師永遠勝過學生，因爲每次報復成功後，隨之而來的懲戒，總是橫掃千軍雄壯威嚴，男生只能狼狽地退出戰場；最後沒辦法，所有人團結在一起，想出一個辦法，這次保證一定能贏得勝利。他們把廣告招牌商的兒子拉進來，要他發誓之後，告訴計畫內容，並要求他的協助，這個男孩欣喜地接受了，他有個人的理由，因爲

廣告回函
台灣中區郵政管理局
登記證第267號
免貼郵票

晨星事業群
晨星出版有限公司

407台中市工業區30路1號

No.1, Gongyequ 30th Rd., Xitun Dist., Taichung City 407, Taiwan

Tel：+886-2359-5820 | Fax：+886-2355-0581

E-mail：service@morningstar.com.tw

Website：www.morningstar.com.tw

請沿虛線對摺裝訂，謝謝！

寄件人姓名：________________

E-mail：________________

地址：______(郵遞區號)________市／縣________鄉／鎮／市／區

________________路／街____段____巷____弄____號____樓／室

電話：住宅（　）______________ 公司（　）______________

手機 ______________

讀者回函

親愛的讀者：

感謝你購買本書。歡迎你購書／閱讀完畢以後，寫下想給編輯部的意見，本回函免貼郵資。如有心得／插圖佳作，將會刊登於晨星奇幻粉絲團上。填妥個人資料後，除了不定期會收到「晨星閱讀專刊」外，我們也將於每月抽出幸運讀者，贈送新書或獨家贈品。

★購買的書是：______

★姓名：______ ★性別：□男 □女 ★生日：西元____年____月____日

★職業：□學生／就讀學校：______ □老師／任教學校：______

□服務 □製造 □資訊 □軍公教 □金融 □傳播 □其他 ______

★本書中最吸引您的是哪一篇文章或哪一段話呢？______

★吸引您購買此書的原因？

□於______（網路）書店發掘新知時 □看______報紙／雜誌時瞄到

□______電台 DJ 熱情推薦 □親朋好友拍胸脯保證 □受海報或文案吸引

□各大書店電子報 □晨星奇幻粉絲團介紹 □看______部落格版主推薦

□其他令人意想不到的奇妙緣分：______

★對於本書的評分？（請填代號：①非常滿意 ②還不錯 ③尚可 ④尚需改進）

封面設計______ 版面編排______ 內容______ 文／譯筆______

★你希望晨星能出版哪些類型的兒童或青少年書籍？（複選）

□奇幻冒險 □勵志故事 □幽默故事 □推理故事 □藝術人文

□中外經典名著 □自然科學與環境教育 □漫畫 □其他 ______

★您對本書的建議或任何想法：

老師寄宿在他家，常常找他的麻煩，讓他恨透了。幾天後老師的妻子即將出門到鄉下去，這麼一來沒有人能破壞這項計畫。老師每次準備重要場合時，總是把自己灌得爛醉，招牌廣告商的兒子說等到表演那天晚上，老師醉得差不多時，他會趁著老師在椅子上打盹時「下手」，接著，他會即時叫醒老師，然後趕到學校。

當時機成熟，那有趣的盛會終於到來，晚上八點鐘，學校教室燈火通明，裝飾著許多花環彩帶做成的樹葉和花朵，老師高高坐在講台上的王位上，黑板就在他的身後，他看起來有點醺醺然；兩側三排及面前六排的板凳上，坐著鎮上達官貴人及學生家長，他的左邊一排排民眾的後方，有一個臨時搭起的講台，相當寬敞，上面坐著好幾位今晚參與演出的學生，一排排梳洗乾淨、衣著整齊、弄得渾身不自在的男生，笨手笨腳的大男孩，以及一群白皙的小女生，淑女們身穿棉質印花衣裳，明顯地意識到露出來的手臂上老祖母不值錢的小飾物，以及頭髮上粉紅、藍色的緞帶，教室其他地方則是擠滿未參與演出的學生。

一連串的演出開始，一個小男孩站起來，羞怯地朗誦：「你從未想過像我這樣年紀的人，可以對著一群人演說……」諸如此類，同時還刻意地擺出精確如抽筋的手勢，活像個機器做出的動作，這個機器大概有些故障、失靈，小男孩最後總算安全過關，雖然嚇壞了，但當他僵硬地鞠躬下台時，仍然贏得滿堂喝采。

一位害羞的小女孩上台，口齒不清地唸著一首詩「瑪麗有隻小羊」，表演完後，屈膝鞠躬，惹人疼惜，得到掌聲後，紅著臉快樂地下台。

湯姆．莎耶自信滿滿地走上前去，接著開始一場意氣風發、無法扼阻的演講：「不自由，毋寧死。」語氣激昂，並夾帶狂亂的手勢，中途忽然停下來，突如其來的舞台恐懼感襲上心頭，底下兩隻腿不停顫抖，好像就要窒息了。沒錯，整個教室裡的人都很同情他，但同時整個教室沉默無聲，比同情更糟，老師皺起眉頭，倒楣到了極點，湯姆掙扎了一會兒，然後退下，完全被打敗，掌聲輕微地響了一、兩下，很快地完全停止。

接下來是文章朗誦「站在火燒夾板上的男孩」，還有「亞述人來了」，以及其他朗誦小品的表演，然後是閱讀活動與拼字大賽，寥寥數人的拉丁文朗誦得到了榮譽。然後是晚會的重頭戲上場，幾位年輕淑女的寫作展，每一個人輪流上前，走到講台邊，清清喉嚨，高高舉起手稿（上頭繫著美麗的緞帶），然後開始朗讀大作，特別注重表情與抑揚頓挫，內容大致相同，從前她們的母親、祖母那一輩，甚至還可追溯至十字軍東征的先祖，無疑地，只要是女性的祖先，都在類似的場合中闡釋過同樣的主題，〈友情〉是其中之一，此外還有〈過往記憶〉、〈歷代的宗教〉、〈夢想的國度〉、〈文化的優點〉、〈各種形式政府之異同〉、〈憂鬱〉、〈友愛〉、〈渴望〉等等。

這些文章中有一些普遍的特點，有一種特別醞釀出多愁善感的憂鬱氣息；另一個特點便是優美、華麗辭藻的氾濫，她們傾向將偉大的辭彙塞入讀者的耳朵，直到變成陳腔濫調；還有一項顯著的特色毀了這些文章，那就是每篇文章結束之前，總是來一段說教的訓詞，讓人難以忍受，好像狗搖著一截要斷不斷的尾巴；不管是什麼主題，寫作的人總是有辦法絞盡腦汁，拐彎抹角說出一番大道理，好讓衛道與宗教人士可以細細忖度琢磨；縱使這些大道理十分虛假，還是不足以使這種寫作風格在學校遭到淘汰，現在也是如此，恐怕只要這個世界繼續存在，永遠不會被淘汰，在我們的國家裡，沒有一所學校的女學生不認爲她們的文章非得用大道理說教來做結尾不可，而且你會發現，平時最輕浮、宗教信仰最不虔誠的女孩，她們的文章說教的部分最爲冗長，虔敬到無以復加的地步。還是別提這些了，反正平平凡凡說出的實話，總不討人喜歡。

讓我們回到這場成果展，第一篇朗讀的文章標題爲〈生命，難道就是如此嗎？〉，也許讀者能忍受讀讀其中一段文字：

在各種生活環境中，年輕的心靈期待著歡樂的場面，心情是多麼愉快啊！他們的想像力忙著勾勒出瑰麗的歡愉畫面，在幻想中，耽溺於歡樂與流行的女子看見自己在歡樂的人群中，成為眾所矚目的焦點，她美妙的身材穿著雪白的衣裳，穿梭在一群歡樂的舞蹈中，快樂的人群中有她明亮的眼眸，輕盈的步履。

在這樣甜蜜的幻想中，時間很快便消逝了，最後那一刻終於到來，她走進夢想中快樂的國度，眼前一切如夢似幻，令她著迷，每個場景比上一個更加絢爛，可是一下子，她便發現華麗的外表之下竟是虛空，曾經迷惑靈魂的諂媚，現在聽來十分刺耳，舞廳失去了魔力，而健康已耗損，心靈疲憊，她很快地改變信念，了解到世俗的享樂無法滿足靈魂的渴望。

諸如此類。朗讀的過程中偶爾出現一陣陣讚嘆聲，並伴隨著輕聲細語，說多「美啊！」「口才眞好！」「說得對極了！」，諸如此類，等到文章到了結尾一堆大道理時，全場響起如雷的掌聲。

接著起身的是一位苗條憂鬱的女孩，因爲吃藥及消化不良，她的臉色顯得蒼白，她唸了一首詩，我們聽聽其中兩段就夠了：

密蘇里少女告別阿拉巴馬

阿拉巴馬，再會了！我深愛著你！
但如今我將暫時離你而去！
悲傷，是的，我的心充滿與你有關的悲傷思緒，
眉宇之間想起種種回憶！
因你，我曾漫步於花朵綻放的林園，
曾經隨意遨遊，來到塔拉布薩溪旁讀書，
曾經傾聽塔拉汐濤濤的洪水聲，
曾在怒庫拉山腰向晨曦招呼，
而如今我心嘆息，不以為羞，
淚眼婆娑，也不羞赧，
我得向這熟悉的土地道再見，
前往陌生的國度，只得輕吐嘆息，
在這裡我曾受歡迎，如同回到了家，
如今就要告別山谷與高山，
如果有一天我的心我的眼我的靈魂對你漠然，

親愛的阿拉巴馬，那一定是當我不在人間時！

雖然沒有多少人能體會靈魂的意義，但這首詩，無疑地，頗令人滿意。

接下來出現一位皮膚黝黑，黑眼睛、黑頭髮的女孩，她停頓好長一段時間，臉上換上哀悽的表情，然後以沉重肅穆的語調朗讀。

幻象

黑暗、暴風雨的夜，高高的天空沒有一顆星星閃爍，但凝重的雷聲一次又一次地震撼耳膜，可怕閃電劃過雲層密佈的天際，怒不可遏，彷彿嘲笑那位聰明的富蘭克林不顧它的可怕，施展人類智慧的力量，不知從何而來的風，一致地狂吹，到處咆哮加入這狂暴的場面，藉由它們的力量再增加一些威風。

在這個時刻，如此黑暗，如此可怕，同情人類處境，我不由得嘆息，但是就在這時，「我最親愛的朋友，我的精神導師，我的慰藉，我的引導者，我悲傷時的歡喜，我歡樂中的第二幸福，」來到我身邊；她就像一位散發光芒的精靈，如浪漫的年輕男子所描繪的伊甸園裡，走在陽光下的美麗化身，除了她自身光彩的迷人之外，不加任何裝飾；她的步履是如此輕盈，幾乎聽不到腳步聲，要不是她像其他溫柔女子一樣輕輕地碰觸便讓人感受那神奇的魔力，很可能從我們身旁經過也未覺察到她的存在；當她指向外面狂風暴雨，要我好好思索兩者象徵意義時，一股奇特的哀愁停駐在她的面容，像十二月衣袍上結凍的淚水。

這篇文章洋洋灑灑長達十幾頁，簡直如同一場噩夢，結尾的大道理更將所有不屬於長老教會信徒說得毫無希望，因此這篇作品獲得第一名，大家都認爲這是今晚最好的作品，村莊的首長頒發獎品給作者時，說了一番話，提醒大家這是目前爲止他所聽過最撼動人心的演說，相信連丹尼爾．韋布斯特也感到十分得意。

在過程中，值得大家注意的是，有多少篇文章使用「美麗」這個字，而人生經驗被比喻爲「書頁」更是司空見慣。

這時老師的醉意已經到了興高采烈的地步，他把椅子推到一旁，轉身背向觀眾，在黑板上畫出美國地圖，準備地理測驗，可是他的手抖得厲害，地圖畫得很糟，全場努力憋住笑聲，他知道問題出在哪裡，隨即準備挽回錯誤，擦掉黑板，再畫一次，但是畫得比之前更加歪七扭八，笑聲也越大聲，於是他集中所有精神在黑板上，彷彿下定決心不讓嘲笑聲淹沒，他感覺到所有目光都在他身上，努力想像自己畫得很成功，可是笑聲依舊，甚至變得更明顯更大聲，這也難怪，原來講台上方有個頂樓，天花板開了個洞，就在老師的正上方，一隻貓從洞口降下來，牠的腰部綁著一條繩子，使牠懸在半空中，頭上嘴巴都用布蒙住，使牠不能發出喵叫聲，當貓一點一點往下降時，牠拱起背，抓住繩子，等到更低的時候，爪子在空中抓不到任何東西，笑聲越來越大，貓就在全神灌注的老師頭頂正上方不到六吋，一點一點往下降，貓絕望的爪子抓住老師的假髮，緊緊地抓著，隨後一剎那間，貓被拉回頂樓，手中還緊緊抱著牠的戰利品。看看老師沒有假髮的光頭散發多麼耀眼的光芒！因爲招牌商的兒子已經將他的頭塗上一層金色油漆了。

大家就此散會，孩子們報了仇，暑假也來到了。

作者註：本篇所假託的文章是引用一本名為《散文與詩——西部女子所著》中的文章，其中未做任何修改，但這些文章的的確確是學校女學生的寫作風格，因此比任何模仿更適合。

貓咪的爪子抓住老師的假髮，
全班哄堂大笑，詭計得逞啦。

22 恐懼的末日降臨

湯姆認爲，老天爺爲了要殲滅像他這樣的害蟲因而發動一場雷電交加的暴風雨，似乎沒有不合理之處。

湯姆加入紀律小兵團。因爲負責掌旗的角色太炫了，深深吸引他，於是他答應只要身爲團員一天，他便戒菸酒、不嚼菸草，遠離任何褻瀆的言行。他現在有了新發現，那就是答應別人不做某件事，反而讓人更想去做，湯姆發現想要喝酒、罵髒話的欲望不停折磨著他，這股欲望越來越強烈，讓他極度想退出紀律團，但想到披上紅色肩帶展示自己，才打消退出的念頭。七月四日即將到來，然而終究他還是放棄了——就在他戒掉壞習慣即將超過四十八小時之前——原來他把希望放在費哲法官身上，他躺在床上，位高權貴的他生命垂危，相信不久就會爲他舉行一場盛大的喪禮；這三天湯姆很關心法官的情況，到處打聽消息，有時抱持很大的希望——滿懷希望的湯姆甚至大膽拿出旗杖在鏡子前不斷練習；但法官的病情時好時壞，讓湯姆很失望；最後，法官的病情出現好轉——接著漸漸康復，湯姆氣極了，他立刻遞出辭呈，但沒想到，那天晚上，法官的病急轉直下，結果死了。

喪禮辦得還不壞，小兵團遊行的樣子準是想讓退出的團員羨慕嫉妒，但不管如何，湯姆現在是自由身了，因爲他可以喝酒抽菸——但出乎意料的是，他竟然沒有一點想喝酒抽菸的欲望了，這簡單事實告訴他，欲望和吸引力是可能消失的。

很奇怪，湯姆發現原本渴望的假期現在竟然沉甸甸地擱在他的手上。

他試著寫日記，但這三天什麼事情也沒發生，於是他只好放棄。

就某方面說來，連七月四日這光榮的日子也很失敗，雨下得很大，因此遊行隊伍取消，全世界最偉大的人物（至少在湯姆的眼中）班頓先生，道道地地的美國參議員，也讓人大大地失望——因爲他身高還不到二十五呎，還差得遠呢！

接著，馬戲團來到鎮上，男孩們在馬戲團用破地毯搭起的帳篷裡玩了三天。入場費男孩三角，女孩兩角——沒多久，馬戲團也沒意思了。

然後，來到鎮上的是骨相學大師與催眠大師，一、兩天之後，又走了，讓村民覺得更加無聊乏味。雖然也有男孩或女孩的派對，但實在太少了，而且往往派對太好玩，反而讓空閒的時候更難度過。貝琪．柴契爾回到位於康士坦丁堡的家，整個暑假和父母在那兒度過——因此，沒有她的地方，也失去生命的活力。

長久以來，有關於可怕凶殺案的祕密，不斷折磨湯姆的良心，就像癌症永遠無法治癒，成爲永遠的痛楚。接著，湯姆得了痲疹。

整整兩個星期，湯姆躺在床上，像個囚犯。對這個世界，以及世界上發生的任何事而言，湯姆如同死去一般；他病得很嚴重，讓他對任何事務都提不起興致。最後，當他可以起身下床時，他虛弱地到鎮上閒逛，發現每樣東西每個生命似乎都變了，每個人都變得虔誠，不僅是大人，甚至連小男孩、小女生，湯姆四處走著，心中抱著萬分之一的希望，希望見到一個邪惡的面孔，但不管走到哪兒，希望總是受挫，他發現喬伊．哈波正在研讀聖經，難過地轉身不想看見這令人沮喪的一幕；他去找班恩．羅傑，卻發現他帶著一籃的小冊子，去拜訪窮人家；找吉姆．哈林斯，誰知吉姆要湯姆想想最近出痲疹這珍貴的庇佑，一定是上帝警告湯姆的訊息；湯姆遇到的每一位男孩都讓湯姆的沮喪更加沉重，他奔向哈克的懷抱，想尋求一點安慰，誰知哈克卻拿聖經上的引言招待他，讓他的心徹底破碎；他只好爬回家，爬上床，心裡明白整個鎮上只剩下他一個人像迷途羔羊，永遠迷失。

那天晚上，來了一場可怕的暴風雨，雨勢猛烈，還夾帶轟隆隆的雷聲和光亮刺眼的閃電，湯姆用床單蒙住臉，害怕恐懼地等著自己的末日降臨，他沒有一絲一毫的懷疑，因爲他的緣故，氣氛才會如此狂亂，他深信自己惡劣的言行已經耗盡老天爺的耐性，容忍到了極限，因此，結果就是老天爺要收拾他，湯姆覺得用大砲殺死一隻普通小蟲，實在是小題大作，浪費彈藥，但是爲了要殲滅像他這樣的害蟲，徹底剷除腳底下的草皮，因而發動一場雷電交加的暴風雨，似乎沒有不合理之處。

慢慢地，暴風雨漸漸轉弱，最後風停雨止，什麼也沒發生，湯姆心裡想到的第一件事便是感謝老天爺，並且決心改過，第二件事是等待看看是否還有另一場暴風雨。

隔天醫生又來了，湯姆病情復發，又在床上躺了三個星期，對湯姆而言，彷彿是一世紀那麼久，等到他能到外頭去玩時，他一點也不感激老天饒他一命，只記得自己多麼孤單，沒有人做伴，好像被遺棄一樣。他無精打采走在街上，看到吉姆·哈林斯正扮演少年法庭的法官角色，拿一隻貓來審判，罪名是謀殺，在場還有被害人，也就是一隻鳥；他還發現喬伊·哈波與哈克·芬恩在一條巷子裡吃著偷來的哈蜜瓜；可憐的孩子，他們也像湯姆一樣，老毛病又復發。

想一想

你覺得湯姆病好了以後，頑皮惡劣的性格會改正嗎？

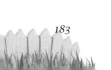

23 真相大白

每隻眼睛都注視著他，每位聽眾嘴巴微微張開，深深沉迷於湯姆所陳述的故事。

最後，昏沉沉的氣氛終於有些動靜，多了一些生氣活力。法庭開始審理謀殺案，立刻成爲村莊裡談論的焦點話題，湯姆也無法逃避；只要一提到謀殺案，湯姆的心中便出現一陣寒顫，雖然他看不出人們是否懷疑他知道內情，但聽到別人聊起這件事，他還是很不安心，總是令他打哆嗦；他把哈克帶到一個沒有人的地方，跟他聊一聊。

「哈克，你有沒有告訴別人那件事？」

「我當然沒有。」

「一個字也沒說？」

「一個字也沒說，眞的。你爲什麼這麼問？」

「沒什麼，我只是擔心。」

「湯姆啊，如果我們說出去，我們一定活不過明天，你知道的啊。」

湯姆覺得安心一點了。停了一下，他說：「哈克，沒有人逼你說出這件事吧？」

「逼我說出這件事？除非我想讓那雜種魔鬼把我淹死了，否則他們不可能逼我說出這件事，不管怎麼樣都不可能。」

「很好，那我放心了，哈克，我們再發一次誓好不好？這樣比較保險。」

「我贊成。」

於是，他們又十分嚴肅正經地發了一次誓。

「哈克，你聽到別人談些什麼？我聽到好多種說法。」

「別人談什麼？除了莫夫．波特，還是莫夫．波特，老是談他啊，每次聽到我都緊張得出汗，想要找個地方躲起來。」

「我聽到的時候也是提心吊膽，我猜莫夫．波特完蛋了，你會不會有時候爲他難過？」

「常常——很多時候啊，他根本不重要，可是怎麼說他也沒做過傷害人的事，頂多釣魚賺點錢，然後拿去買酒喝——多半的時候到處閒晃，老實說，我們不也是這樣嗎？——至少大部分的人都是如此——可能還包括牧師呢，他其實人很好——有一次釣到的魚不夠兩人吃，但他還是給我半條魚，當我運氣差的時候，他常常在我身邊幫我。」

「他也爲我修理過風箏，還曾經幫我把魚鉤綁在魚線上，哈克，我眞希望能想辦法把他救出來。」

兩個男孩聊了很久，卻沒有讓他們心裡舒服一點。

波特感激兩人帶給他東西，反而讓湯姆和哈克的良心遭到譴責——這一次他們感受到更深刻的痛苦，尤其當聽到波特說出下面這段話時，兩人心中覺得自己懦弱、奸詐到了極點：

「孩子，你們真的對我太好了，比鎮上任何人都好，我不會忘記你們的恩情，永遠不會，我常常對自己這麼說：『我曾經幫小孩修理風箏和其他東西，告訴他們哪裡可以釣到很多魚，盡我可能幫助他們，但是現在我有麻煩，他們全都忘了老莫夫，除了湯姆和哈克之外，他們沒忘記老莫夫，』我說：『我也不會忘記他們。』孩子，我做了一件很糟糕的事——那時候喝醉了，神志不清——這是我能想到唯一的原因，現在我要被吊死，也是應該的，沒錯，應該的，我想也是最好的懲罰——不管怎樣，希望如此。」

湯姆心情沮喪地回到家。那天晚上，他做了可怕的夢。接下來的兩天，心裡有一股難以抗拒的衝動，很想走進法庭，哈克也有相同的經驗，他們極力迴避對方，但好像有股悽慘的魔力總是把他們帶回這裡；當各式各樣的人在法庭進進出出時，湯姆張大耳朵，聽到所有人不約而同談到同一件悲慘的消息，包圍著可憐的波特，第二天即將過去之前，從村民的閒聊中，得知印江·喬的證辭很肯定、無可疑之處，而至於陪審團究竟將會做出怎樣的判決，幾乎沒有人有疑問。

隔天的早晨，所有的村民聚集在法庭裡，因爲這一天將有大事發生，滿滿的聽眾席中，男性與女性同樣都有代表出席，等了好久，陪審團才走進來，坐在位置上，之後沒多久，波特被帶進來，手上腳上綁著鍊子，臉色蒼白、憔悴，看起來有些膽怯有些絕望，他坐在全場好奇的眼睛都能看到的地方。同樣顯眼的是印江．喬，像以前一樣冷峻、面無表情，又稍等了一會兒，法官大人才到達，警長宣布審判開始，接著，就像以前的審理情況一樣，律師輕聲交談、收集文件，種種細節以及隨之而來的延誤，醞釀出準備的氣氛，令人印象深刻，也令人著迷。

此時一名證人被傳喚出庭，證明他看見莫夫．波特於命案發現當天清晨時在小河裡洗澡，之後他又偷偷溜走，進一步質詢之後，檢察官說：「請詢問證人。」

波特的辯護律師說：「我沒有問題要問他。」

下一個證人證明在屍體附近找到刀子，檢察官說：「請詢問證人。」

「我沒有問題要問他。」波特的辯護律師說。

第三個證人發誓曾經看見波特擁有這支刀子。

「請詢問證人。」

波特的辯護律師仍舊沒問題，聽眾的表情開始露出不悅，難道這位辯護律師完全不做任何努力，就讓自己的委託人送命嗎？

好幾位證人被帶到兇手面前時，發誓證明波特的罪行，他們全都未經交叉審問便離開證人席。

法庭上，大家的困惑和不滿化爲喃喃細語，並引起在座的責罵。此時，檢察官開口說：「幾位公民發誓之後的證辭不容置疑，我們裁決這項可怕的罪行毫無可疑之處，鐵欄柵後方的囚犯罪名成立，我們現在休庭。」

可憐的波特發出一聲哀號，雙手蒙住臉，身體輕輕地來回搖晃，此時，法庭籠罩在一片痛苦的沉默中，許多男人起身離開，許多女人流下同情的眼淚，辯護律師站了起來，說：「庭上，審判開始時，我們曾經說過，我們預設辯護的目的，是要證明我的委託人受到酒精的影響，因而神志不清、不負責任、盲目，才犯下這可怕的罪行，現在我們改變想法，我們有不同的訴求，（轉向法庭人員）請傳喚湯姆．莎耶。」

法庭上每個人的臉上露出茫然的困惑，連波特也不知道到底怎麼回事，當湯姆起身坐在證人席的位置上時，每個眼睛帶著好奇的興趣緊盯著他，湯姆看起來很緊張，因爲他眞的嚇壞了，發了誓之後，律師問他：「湯姆．莎耶，六月十七日那天午夜左右，你人在哪裡？」

湯姆看看印江．喬鐵青的臉，結結巴巴說不出話，聽眾屏息以待。湯姆鼓起一點勇氣，努力地發出聲音，才讓法庭一部分的人聽見。

「在墓園。」

「請大聲一點，別害怕，你在——」

「墓園。」

一絲輕蔑的笑容略過印江．喬的臉。

「你在何斯．威廉斯的墳墓附近嗎？」

「是的。」

「大聲說出來，大聲一點，多麼接近？」

「就像現在我靠近你一樣近。」

「你躲起來，是吧？」

「是的。」

「躲在哪裡？」

「在墳墓旁邊的榆樹後面。」

印江．喬微微驚動了一下。

「另一個人和你一起嗎？」

「是的，和我在一起的是——」

「等一等，不要說出你同伴的名字，我們會在適當的時候傳喚他，你當時有沒有帶任何東西？」

湯姆有些猶豫，不知該如何是好。

「好孩子，說出來，不要害怕，只要是事實，沒什麼好怕的，你帶什麼東西到那兒？」

「只是一……一隻死貓。」

傳出一陣法庭禁止的笑聲。

「我們會拿出一個假貓，現在告訴我當時發生什麼事，用你自己的方式說，不要漏掉任何細節，不要害怕。」

湯姆開始說了，起初很猶豫，但漸入佳境之後，越來越容易，有一陣子所有聲音都停止了，只剩下湯姆在說話，每隻眼睛注視著他，每位聽眾深深地著迷於湯姆所陳述的故事，緊緊鎖住的情緒最後達到最高點，當湯姆說道：「然後，當醫生拿起附近的板子，莫夫倒下時，印江．喬拿起了刀子，跳起來，接著——」

一陣玻璃碎裂聲，那雜種混蛋已經如閃電一般迅速跳出窗外，衝過群情激憤的民眾，跑掉了。

24 城鎮英雄

湯姆慶幸自己把眞相說出來，但到了晚上卻希望自己什麼也沒說。

湯姆再一次成爲眾所矚目的英雄，成爲大人的寵兒、小孩羨慕的對象，他的名字甚至留下不朽的印記，因爲小鎮的報紙將他大大地宣揚一番，有人相信要是他能逃過被吊死的命運，將來很可能當上總統。

一如往常，這個多變、不講道理的世界再次將焦點放在莫夫．波特身上，就像以前百般地羞辱他，這回盡情地關愛他，但在這個世界上這種事情十分平常，因此也沒有所謂對錯的問題。

白天的時候，湯姆的生活充滿榮耀與讚美，但晚上一到，他便恐懼不已，印江．喬總是出現在他的夢中，眼底充滿仇恨。幾乎沒有任何誘惑能夠吸引湯姆晚上出門，可憐的哈克同樣處於悲慘、驚恐的狀態裡，因爲湯姆在審判日的前一個晚上將整件事情眞相告訴了律師，雖然印江．喬逃跑，爲哈克省去上法庭作證的麻煩，但他還是非常擔心消息會傳出去，那麼印江．喬便會發現他也知道事情眞相，儘管律師都已經承諾保密，不透露證人的身分，但他們的保證算得了什麼？自從湯姆不安的良心驅使他夜裡跑去律師家，違背最嚴重最毒的誓言，打破已封住的嘴巴，好不容易把恐怖的事情從頭到尾說一遍之後，哈克對人類的信任幾乎喪失殆盡。

莫夫．波特每天都要感謝湯姆一次，這讓湯姆慶幸自己把眞相說出來，但到了晚上，他眞希望自己什麼也沒說，但願眞的嘴巴封住。

有一半的時候，湯姆很害怕永遠逮不到印江．喬，另一半的時候又很擔心眞的抓到他了，湯姆唯一確定的是，只要那人不死，就算死了若沒有親眼看見那人的屍體，他連呼吸都無法安心。

湯姆得到應有的回報。而整個國家都搜遍了，就是不見印江．喬的蹤跡；不久從聖路易斯來了一位全知全能、讓人敬畏不已的偵探，偵探到處搜查，也只成功地「找到線索」，但是法官不能判線索謀殺罪名，所以湯姆又和以前一樣仍然覺得很不安心。

日子一天又一天過得很慢，每一天都留下稍微減輕的焦慮。

25 尋寶遊戲

每次聽到鋤頭敲到某個東西時，他們的心便跳了起來，但挖到的不是石頭就是木頭。

每一個健康長大的男孩生命中，一定有個懷抱滿腔熱情的時刻，想去某處挖掘埋藏已久的寶藏。有一天，湯姆心血來潮，這股熱情抓住了，他立刻前去找喬伊．哈波，但沒結果；接著，去找班恩．羅傑，他釣魚去了；此時，他撞見哈克．芬恩，血手大盜，哈克一定會答應，湯姆帶他到隱密的地方，敞開心胸告訴他這件事。哈克果然願意，因爲他有很多很多的時間，讓他煩惱不知如何打發，而對他來說時間絕不是金錢，

「我們要去哪兒挖寶藏？」哈克問。

「喔，大部分的地方都有呀。」

「是嗎？寶藏會隨便埋在任何地方嗎？」

「這倒不會，一定是埋在很特別的地方，有時候埋在小島，有時候在死掉的大樹的枝幹末端、爛掉的木頭裡面，就是午夜出現陰影的地方，但大部分的時候藏在鬼屋裡。」

「誰埋藏這些寶藏呢？」

「那還用說，當然是強盜啊，不然你以爲是誰？主日學校

的督學啊？」

「我不知道，如果是我的寶藏，我一定不會把它埋起來，我會把它開心地花光。」

「我也是，但強盜不會這麼做，他們總是把寶藏埋起來，然後就放在那兒不動。」

「他們之後不會回來找嗎？」

「不會，他們本來以爲會，但通常忘記自己藏在哪，或者後來他們死了，不管如何，寶藏就埋在某個地方很久，甚至生鏽，然後有人發現老舊黃色的紙，上面寫著如何找到寶藏，紙上寫的東西可能需要一星期來解碼，因爲通常他們使用一些符號和象形文字。」

「象什麼？」

「象形文字，就是用畫圖來代表東西，你知道，看起來似乎沒意義的東西。」

「湯姆，你曾經拿到這種紙嗎？」

「不曾。」

「那你如何去找藏寶處？」

「我不需要找藏寶處，他們通常都藏在鬼屋或小島，或者有一個枝幹橫伸的枯死老樹裡，我們已經找過傑克遜小島，可以再找時間去試看看鬼屋，小河那邊有鬼屋，還有很多枯死的老樹，很多很多死掉的樹喔。」

「所有枯死的老樹下都有嗎？」

「你說什麼啊，當然不是啊。」

「那你怎麼知道要從哪棵找起呢？」

「我也不曉得，我想我們可以到鬼屋，小河對岸小山丘上的枯死老樹，從那兒下手。」

「我同意。」

於是，他們拿了一個破鋤頭和鐵鍬，踏上三哩遠的旅程，到達目的地時，他們熱壞了，累得氣喘吁吁，在附近一棵榆樹樹蔭底下休息抽菸。

「我就喜歡這樣。」湯姆說。

「我也是。」

「嘿，哈克，如果我們在這裡找到寶藏，你會拿你那一份去做什麼？」

「我每天要吃烤餡餅和很多很多的蘇打水，每次有馬戲團來表演，我都要去看，我打賭我一定很快樂。」

「你不存一些錢嗎？」

「存錢？爲什麼要存錢？」

「以後生活用啊。」

「喔，那沒什麼用啦，我爸爸今年會回到鎮上，如果我不趕快花掉，他會拿走我的錢，我告訴你，他一定很快就花得一乾二淨。你呢？湯姆，你會用來做什麼？」

「我要買一個新鼓、一把不錯的劍、紅色的領結，還有一隻小鬥犬，然後我要結婚。」

「結婚？」

「沒錯。」

「結婚是最蠢的事，看看我爸媽，他們一天到晚都在打架，我還記得他們打得好兇。」

「那沒什麼，我要娶的女孩不會打架。」

「好吧，那也行。要是你眞的結婚了，我一定會比以前更寂寞。」

「不會啦，你可以來和我住。現在別再說這些了，我們去挖寶吧。」

他們挖了半小時，流了滿身是汗，但沒有任何結果，又繼續努力半個小時，仍然沒有寶藏。哈克問：「他們通常埋得很深嗎？」

「有時候，但並非總是，通常不會。我想我們沒選對地方。」

於是，他們又選了新地點，又開始挖掘，雖然動作有點緩慢了，但仍然有進展。好長一段時間，他們不說一句話，默默地挖掘，最後，哈克靠在鐵鍬上，用衣袖擦去額頭上豆大的汗珠，說：「我們挖完這邊之後，還要去哪邊挖呢？」

「我想，也許我們去卡帝夫山那邊，老寡婦房子後方的老樹尋找。」

「那個地方不錯，可是如果寶藏在她的土地上找到，寡婦不會拿走寶藏嗎？」

「她拿走寶藏？讓她試試看！任何人找出寶藏就屬於他的了，在誰的土地上並不重要。」

兩人很滿意這個結論。於是，繼續工作，沒多久哈克又說：「眞糟糕，我們一定又找錯地方了，你認爲呢？」

「哈克，眞的非常奇怪喔，我實在搞不懂，有時候巫婆會出來破壞，我猜這回又是巫婆搞鬼。」

「胡說，白天巫婆根本沒有法力。」

「對喔，我沒想到這點啊。我知道怎麼回事了，我們兩人眞是該罵的蠢蛋，我們應該午夜的時候，來看看樹枝的影子落在哪裡，然後挖那個地方就對了。」

「眞糟糕，我們白白工作那麼久，現在別做了，晚上再回來，可是好遠喔，你能溜出來嗎？」

「我應該可以，我們晚上得回來，因爲萬一有人看到這些洞穴，一下就知道怎麼一回事，可能會開始挖寶。」

「好，我晚上會到你家附近裝貓叫。」

「好吧，我們把工具藏在樹叢裡。」

那天晚上約定的時間一到，兩個人又回到那兒，他們坐在陰影下等待，沒有任何人聲，那些古老傳說讓夜深的時候更加陰森，好像有人在窸窸窣窣的樹葉中輕聲說話，鬼魂彷彿躲在陰暗角落，獵犬低沉的吠聲從遠處飄來，一隻貓頭鷹以陰沉的聲音回應，陰森恐怖的氣氛嚇住他們，讓他們不敢多說。沒多久，他們判斷應該十二點了，把陰影落在何處做上記號，然後開始挖掘，希望越來越高，興趣也越來越強烈，兩人也越加勤奮，挖的洞越來越深，每次聽到鋤頭敲到某個東西時，他們的心便跳了起來，可是每次都失望了，挖到的不是石頭，就是木頭。最後湯姆說：「沒有用的，哈克，一定又找錯地方了。」

「不可能出錯，我們把陰影的地方畫上小點。」

「我知道，可是還有另一件事情。」

「什麼事？」

「我們不確定時間，只是用猜的，很有可能太早或太晚。」

哈克放下鋤頭。

「這倒是，問題一定出在時間上，這一次又得放棄了，我們沒辦法得知正確時間啊，而且這裡好恐怖喔，晚上的時候附近聚集很多鬼魂和巫婆，我老是覺得有什麼東西在我的背後，我又不敢轉過頭去，因爲面前還有其他東西等待機會下手，我來到這裡之後，全身開始起雞皮疙瘩。」

「哈克，我也是，通常他們把死人和寶藏一起埋在樹下，死人會看守寶藏。」

「我的天啊！」

「眞的，他們都是這麼做，我總是聽人這麼說。」

「湯姆，我不想待在有死人的地方，有死人在一定會有麻煩。」

「我也不想驚動他們，想想看，把死人頭顱挖出來，他們可能會說話呢。」

「不要啊，湯姆，太可怕了！」

「的確很可怕，哈克，我也覺得有些不安。」

「就是啊，湯姆，我們放棄這個地方吧，試試別處。」

「好吧，只好如此。」

「去哪兒試呢？」

湯姆想了一會兒，說：「去鬼屋，就是那個地方。」

「可惡，我不喜歡鬼屋，那個地方比死人更可怕，死人也許會說話，但不會趁你不注意的時候披著白布偷偷飄進來，不會突然靠在你的肩膀上偷瞧，不會磨牙齒，但鬼老是做這種事，我受不了，湯姆，沒人受得了。」

「我知道，哈克，但鬼只有晚上才會到處遊走，白天的時候他們不會妨礙我們挖寶。」

「那倒是，但你也知道一般人不管白天或晚上都不會靠近鬼屋。」

「那是因爲他們不喜歡靠近以前有人被謀殺的地方，不管怎麼說，除了晚上之外，從來也沒發現過什麼啊，只有一些藍色光從窗戶掃過，沒有一般的鬼。」

「湯姆，當你看到藍色光閃爍，那表示附近有鬼，這是有道理的，因爲你知道，除了鬼之外，沒有人會使用藍色光。」

「話是沒錯，但鬼白天不會出現啊，那麼我們到底害怕什麼呢？」

「好吧，好吧，照你說的，去鬼屋挖挖看，但依我看很冒險。」

此時他們開始下山，在他們之下，月光照耀的山谷中央就是鬼屋了，完完全全被孤立，圍牆老早就已經毀壞了，雜草叢生淹沒了門前的階梯，煙囪也已經崩塌成爲廢土，窗框內空無一物，屋頂的一角凹陷了，兩個男孩眼睛直直看了一會兒，有一半的心情期待看見藍色光飄過窗前，然後，他們低聲細語正好符合此時此景；接著，他們衝向右邊，遠遠地避開鬼屋，改走另一條路，穿越卡帝夫山後方的樹林，回家去。

26 鬼屋裡的金幣

一時間湯姆和哈克忘了恐懼，只看著那散發光芒的幸運，六百元不是小數目，可以讓半打男孩發財呢。

隔天中午時，湯姆和哈克抵達枯死老樹那兒，他們來拿藏在樹叢的工具，湯姆等不及要去鬼屋，哈克大致上也是如此，但他突然說：「湯姆，你看這裡，你知道今天星期幾嗎？」

湯姆在心裡算一算日子，然後很快抬起眼睛，充滿驚訝的表情。

「我的天啊，我想都沒想到。」

「我也沒想到，但突然之間閃過我的腦袋，今天是星期五。」

「可惡！我們眞應該更小心，星期五做這件事可能會惹上麻煩。」

「可能？一定會吧，有些日子算好日子，但絕不是星期五。」

「笨蛋也知道，我想你不是第一個發現這個道理的人吧，哈克。」

「我沒說我是啊，我有說嗎？星期五也不全是壞日子，昨晚我做了一個非常可怕的夢，我夢見老鼠。」

「不會吧，那是麻煩的預兆，老鼠有打架嗎？」

「沒有。」

「那還好，哈克，如果牠們沒打架只表示麻煩在附近，我們只要非常小心遠離麻煩就行了，不過，我們今天不去挖寶了，去玩吧，你知道羅賓漢嗎，哈克？」

「不知道，誰是羅賓漢？」

「他是全英國最偉大的人物之一，最好的一位，他是個強盜。」

「太棒了，我以前就希望成爲一個強盜，他搶劫什麼？」

「搶劫警長、主教、有錢人和國王這一類的人，但他從來不動窮人的主意，他很愛窮人，他總是把搶來的財物和窮人均分。」

「他眞是一個大好人。」

「我敢說他一定是，他是歷史上最高尚的人，我告訴你，現在已經沒有這樣的人了，在英國，他可以一手綁在身後，一手和任何人打架，他可以拿起水松弓箭，距離一哩半那麼遠，還是可以射中一個十角的硬幣，而且百發百中。」

「什麼是水松弓箭？」

「我不知道，反正是一種弓箭吧，如果他只射中硬幣的邊緣，他就會坐在地上哭喔，還一邊詛咒。我們來玩羅賓漢的遊戲，眞的很好玩，我教你。」

「好，贊成。」

於是，整個下午他們玩著羅賓漢的遊戲，偶爾渴望地看著鬼屋，說些明天可能的狀況等等。太陽從西邊落下時，他們才橫越樹林，拖著長長的影子往回家的路走去，沒多久便消失在卡帝夫山的森林中。

星期六中午過後沒多久，兩人又來到枯死老樹，在樹蔭下抽菸、聊聊天之後，在他們先前挖掘的地方又挖了一下，沒有抱太大的希望，只是因爲湯姆提到很多時候有人挖了六吋深就放棄了，結果別人來挖，只用鐵鍬挖一下，就找到寶藏，然而這次還是沒有挖到任何東西，於是兩個人扛起鋤頭鐵鍬離開，心想他們並非玩弄運氣，只是善盡尋寶所有的職責。

抵達鬼屋時，熾熱的太陽底下，周遭一片死寂，有一種詭異恐怖的氣氛，這個地方如此孤絕冷清，實在令人心情沮喪。有那麼一下子，兩人害怕不敢進去，後來，他們還是爬到門口，膽怯地看了一眼，看見長滿野草見不到地板的房間，牆壁沒有塗灰泥，一個老舊的壁爐，空無一物的窗戶，傾頽的樓梯，到處都掛著破爛棄置的蜘蛛網，此時，湯姆和哈克已經進入屋內，悄悄地，心跳很快，輕聲說話，耳朵豎直，連最細微的聲音也不放過，肌肉緊繃著，準備隨時往外逃跑。

一會兒之後，慢慢熟悉環境後，不再那麼恐懼，他們仔細好奇地環顧屋內，同時相當佩服自己的膽識，甚至感到奇怪；接著，他們想上樓去，這等於無法逃跑，但他們必須拿出勇氣，這是唯一的辦法，於是便把工具丟到角落，然後上樓。樓上也一樣破落不堪，其中一個角落他們發現一個櫃子，似乎很神祕，結果被騙了，裡面什麼也沒有，現在他們壯了膽，可以隨心所欲，於是準備走下樓開始工作。這時——

「噓，」湯姆叫道。

「怎麼了？」哈克輕聲問，嚇得臉色發白。

「噓……那裡……你聽……。」

「喔……我的天啊，我們快跑。」

「別動，千萬不要動，他們朝門口走來了。」

兩人趴在地板上，透過木板上的節洞仔細看，躺在那兒等著，心裡害怕極了。

「他們停下來了……不，又走過來……到了，哈克，別說任何話，我的天啊，眞希望我沒進來。」

兩個男人走進來，湯姆和哈克對自己說其中一位是又聾又啞的西班牙老傢伙，最近在鎮上看到他一、兩次，至於另一個完全沒看過。

另一個傢伙一身破爛，蓬頭垢面，臉上沒有一絲讓人愉快的特徵，那個西班牙老傢伙也是一身破爛，一臉白色鬍子，闊邊帽底下冒出長長的白髮，戴著綠色的眼鏡，當他們走進來時，那位不知名的男人低聲說了一、兩句話，然後他們坐了下來，面向門口，背朝牆壁，那人繼續說話，慢慢地，他比較放鬆戒備，話也比較清楚了，他說道：「不行，我全盤想過了，我不喜歡這樣，太危險了。」

「危險？」那位又聾又啞的西班牙人咕嚕地說，讓湯姆和哈克大吃一驚，「膽小鬼！」這個聲音讓湯姆和哈克嚇得發抖，喘一口氣。是印江．喬。接著一段時間，他們沉默不語，然後喬說：「有什麼比我們在那邊幹的事更危險，何況也沒發生什麼事。」

「那不一樣啊，在河上那麼遠，附近又沒有房子，就算我們試了很久沒有成功，也不會有人知道。」

「有什麼比白天來這邊更危險呢？看到我們的人都會起疑心。」

「我知道，可是自從幹了那件蠢事之後，沒有任何地方比這裡更方便了，我想離開這個破房子，我昨天就想走了，可那兩個可惡的小鬼就在山上那邊玩耍，可以把這裡看得一清二楚，沒有辦法離開這裡。」

那兩個可惡的小鬼一聽到這句話便嚇得發抖，心想好險，他們昨天發現是星期五，決定再等一天，他們在心裡發願希望當時多等一年。

那兩個男人拿出食物，吃起午餐，好長一段若有所思的沉默之後，印江．喬說：「嘿，聽著，你回到河上自己的地方，等我通知你，我想再找機會回鎮上看看，等我去查看之後，如果一切狀況都很配合，我們再進行那件危險的事，之後，逃到德州去，我們一起逃。」

兩人很滿意這個決定，此時，他們打起呵欠，印江．喬說：「我很睏，換你看守。」說完，身體蜷曲，倒在雜草叢中，不久開始打呼，他的同伴搖他一、兩下之後，也安靜下來，此時看守的人開始打盹，他的頭越沉越低，兩個人都睡得呼聲連連。

湯姆和哈克大大地鬆了一口氣，湯姆輕聲說：「我們的機會來了，快走。」

哈克說：「不行萬一他們醒了，我們就死定了。」

湯姆不停勸他，哈克還是裹足不前，最後，湯姆輕輕地慢慢地站起來，獨自出發，但第一步踏在地板上發出可怕的嘎吱聲，他嚇得趕緊蹲下來，不敢再試一次。湯姆和哈克躺在那兒一秒一秒數著，時間過得好慢，最後他們似乎覺得時間已經到了盡頭，永恆已近灰暗，然後，他們很高興地發現太陽終於要下山了。

此時，其中一人的打呼聲停止，印江．喬站起來，環顧四周，看到夥伴的頭倒在他的膝蓋上，喬陰森森地笑了起來，用腳戳夥伴一下，把他叫醒。

「嘿，你不是守衛嗎？算了，還好沒發生事情。」

「我的天啊，我睡著了嗎？」

「差不多，我們該走了，我們留下來的贓物怎麼處理？」

「把它留在這裡，我們一向都是如此，現在拿走沒有用，等到我們前往南部再說吧，攜帶六百五十個銀幣可不是好玩的。」

「好吧，再回來這裡一次也沒關係。」

「是啊，但是你瞧，可能要等好一陣子才有好機會下手，中間可能會發生什麼意外，這裡不是什麼好地方，我們最好把東西埋起來，埋深一點。」

「好主意。」另一個夥伴說，然後走到房子另一邊，跪下來搬起壁爐後方一塊石頭，拿出一個袋子，叮叮噹噹發出好聽的聲音，從裡面拿二、三十元給自己，同樣拿二、三十元給印江·喬，再把袋子遞給跪在角落裡用刀子挖洞的印江·喬。

一時間，湯姆和哈克忘記恐懼和自身可怕的處境，兩人張大眼睛，高興地看著那兩人的一舉一動，那散發光芒的幸運，簡直超乎想像，六百元可不是小數目，可以讓半打小男孩發財呢。這就是尋寶最快樂的前兆，完全不用煩惱到哪兒挖寶，湯姆和哈克互相以手肘輕觸對方，碰觸就已說明一切，兩人心知肚明對方想說，「現在你應該慶幸我們來對了，是吧。」
喬的刀子敲到某個東西。
「嘿。」
「什麼事？」他的夥伴問。
「一個腐爛的木板，不，我相信是個木箱，來，幫幫忙，我們很快就會知道這個東西爲什麼在這裡。算了，我戳開一個洞。」
他伸手進去，又收回來。
「天啊！是錢。」
兩個男人檢查這一堆錢幣，發現是金幣，樓上的男孩也和他們一樣興奮快樂。
印江．喬的夥伴說：「我們得趕緊挖出來，壁爐的另一邊，雜草堆裡有一個生鏽老舊的鏟子，我剛剛看到的。」
他跑去拿湯姆和哈克的鏟子和鐵鍬，印江．喬拿鏟子仔細地檢查，搖搖頭，喃喃自語，然後，開始動手，沒多久，他們拿出箱子，箱子並不大，有鐵鍊綁住，如果未經時間侵蝕，這個箱子應該相當結實，兩個男人在喜悅的沉默中看著寶藏。
印江．喬說：「夥伴，這裡應該有一千元吧。」

「以前聽人家說，有一年夏天莫瑞那一幫人常在這裡出沒。」另一人仔細觀察寶藏，然後說道。

「我知道了，」印江．喬說，「看起來很像應該沒錯。」

「現在不需要再去幹那件事了。」

雜種混蛋皺眉頭說：「你不了解我，至少你不太了解這種事，這不全然是搶劫，而是爲了報仇，」眼中燃燒著邪惡的火光，「我需要你的幫忙，結束之後，我們到德州。回家去吧，去找你的南西和小孩，等我給你消息。」

「好吧，既然你這麼說，現在如何處理這些錢？埋起來嗎？」

「對，（樓上的人歡天喜地），不對，老天啊，絕對不行（樓上的人非常洩氣），我差點忘了，這個鏟子上有新土，（兩個男孩一時非常恐懼），爲什麼這裡會有鏟子和鐵鍬呢？爲什麼上面有新土？誰帶來這些工具？現在又跑去哪兒？你有沒有聽見任何聲音或看見任何人？什麼？把錢埋起來留在這裡？等他們回來發現地上被翻動過嗎？絕對不可以，絕對不可以，把錢搬去我的窩。」

「就這麼辦，我早就想到這點了，你指的是一號窩嗎？」

「不是，是二號窩，十字架下面，另一個地方不好，太平常了。」

「好，天色暗了，可以出發。」

印江．喬站起來，從一個窗戶走到另一個，小心地往外探查，然後他說：「究竟是誰帶工具來這裡呢？你想他們會不會躲在樓上？」

兩個男孩緊張得無法呼吸，印江．喬一手放在刀子上，停頓一會兒，有些猶豫不決，然後轉向樓梯，男孩想到櫃子，但他們已嚇得全身無力，腳步聲嘎吱嘎吱從樓梯傳來，這十分危急絕望的情況，反而喚醒男孩驚慌不已的決心，他們準備衝向櫃子，這時，出現一聲木板斷裂聲，印江．喬摔坐在一樓地上，樓梯崩塌的碎片中，他一邊站起來，一邊咒罵，而他的夥伴說：「有什麼用呢？如果眞的有人在上面就讓他們待在那兒，誰在乎？如果現在他們跳下來惹禍上身，誰能阻止呢？再過十五分鐘天色就會全暗，如果他們想要就讓他們跟蹤我們吧，我很樂意，依我看，不管是誰帶這些工具來這邊，看到我們一定以爲我們是鬼惡魔，或者其他東西，我打賭他們一定跑掉了。」

喬低聲咕噥一會兒，然後同意夥伴的話，趁著天還沒完全黑，應該善加利用，準備離開，沒多久，他們在越來越暗的黃昏走出鬼屋，帶著寶貴的箱子往河邊走去。

湯姆和哈克起身，雖然四肢無力但總算鬆了一口氣，從房子木板牆上的縫隙望出去，瞪著那兩人的背影，要不要跟蹤呢？他們才不咧！跳下樓回到地面，沒有摔斷脖子，翻過山丘走回村莊，能平安回來已經讓他們心滿意足；路上兩人並未多說話，心裡只想著埋怨自己，埋怨運氣太差，幹嘛帶鏟子鋤頭去那兒？要不是這樣，印江．喬也不會起疑心，那麼他可能會把金銀財寶埋在那兒，等到報完仇再回去鬼屋，到時很不幸地，他挖開土石發現錢不見了，眞恨！恨自己帶那些工具去。

等到下次，那位西班牙人再來鎭上觀察時機下手、進行報仇時，他們決心好好注意他，跟蹤他到二號窩，不管那是什麼地方，然後，一個恐怖的念頭閃過湯姆的腦袋——

「報仇？難道他指的是我們嗎，哈克？」

「不會吧，」哈克說，幾乎要昏過去了。

他們仔細地討論一番，回到鎭上時，他們決定相信他有可能指別人，至少他指的是湯姆一個人，因爲只有湯姆在庭上指證他。

單單他一個人有危險，一點也不能安慰湯姆恐懼的心情，他想有個伴總是比較好。

想一想

你覺得湯姆和哈克接下來該怎麼做才好？

27 追蹤

他從來沒見過五十元那麼多錢，甚至認爲所謂的千元不過是假想詞，世界上根本不可能有那麼多錢。

白天所進行的探險讓湯姆那晚在夢中飽受折磨。他夢見自己碰觸寶藏四次，同時寶藏從指尖消失四次，一點也不剩。最後睡意全消，醒來面對自己運氣差的殘酷事實，早晨他躺在床上回想整件事情發生經過，發現記憶很模糊，很遙遠，彷彿發生在另一個國度，或者發生在久遠以前，然後，他想到整件事情原來只是一場夢，他有很堅強的論點支持這個想法，因爲他所看見的錢幣數量之大，不可能是眞的，他從來沒見過五十元那麼多錢，就像其他同年齡社會背景相同的男孩一樣，以爲所謂百元千元不過是假想的詞彙，世界上不可能眞的有那麼多錢，他從未想過一個人可以擁有一百元這麼多的錢；如果仔細分析，就會發現他所謂的寶藏，不過是一把零錢，一堆模糊、閃亮不可知的錢幣。

但仔細地想了又想，整件事越來越清楚，他發現自己越來越傾向相信這眞的不是夢，不確定的感覺慢慢消失，他趕緊吞兩口早餐，接著跑去找哈克。

哈克正坐在一艘船的舷緣，腳在水中晃來晃去，整個人無精打采，看起來很鬱悶，湯姆決定引導哈克談起這個話題，如果哈克沒有觸及主題，那表示整件事只是個夢。

「哈囉，哈克。」

「哈囉，湯姆。」

一陣沉默。

「湯姆，要是我們把那可惡的工具留在老樹下，我們很可能就得到錢了，太可惡了。」

「那不是夢，真的不是夢，我多麼希望那只是一場夢。」

「什麼是不是夢啊？」

「就是昨天發生的事啊，我半信半疑，覺得像一場夢。」

「夢？要不是樓梯垮下來，你就知道這到底多麼像一場夢。我昨晚也是噩夢連連，在夢裡那眼睛貼紗布的西班牙人不停追著我，可惡的傢伙。」

「別詛咒他，我們去找他，跟蹤錢的去向。」

「湯姆，我們找不到他，這種事情一個人只有一次機會，我們已經錯失唯一的機會了，而且看到他，我就忍不住發抖。」

「我也是，可是我很想見到他，跟蹤他到二號窩。」

「二號窩？沒錯，我也一直想著這件事，但我想不透，到底在哪裡？你想那是在哪裡？」

「我也不知道，太困難了，哈克，也許那是房子的號碼。」

「有可能……不，湯姆，不是，就算是，也不在這個小鎮，這裡根本沒有號碼。」

「說得對，讓我想一想，對了，可能是房間編號，在酒館，你知道的。」

「原來如此，這裡只有兩家酒館，一定很快可以找出來。」

「哈克，你留在這裡，等我回來。」

湯姆立刻出發，他不希望哈克和他一起出現在公共場合中。他已經去了半小時了，發現其中一家酒館的二號房長久以來住著一位年輕律師，現在也還是如此；另一家比較不華麗的酒館，二號房很神祕，酒館老闆的兒子說，那個房間一直都上了鎖，他從來沒看過任何人進出，除非晚上的時候，他不清楚爲什麼，雖然有一點點好奇想知道，但並不強烈，頂多想像那個房間鬧鬼，娛樂一下自己，他還注意到昨天晚上房間裡燈亮著。

「哈克，這就是我的發現，我猜那就是我們要找的二號窩。」

「我想也是，湯姆，接下來怎麼辦？」

「讓我想想。」

湯姆想了好長一段時間，然後他說：「我告訴你，那間二號房的後門通向一條小巷子，就是酒館和破破爛爛的老磚廠之間，現在你帶著所有你能找到的房門鑰匙，我去拿我姨媽所有的鑰匙，天一黑我們就到那兒試試看，你要記得，提防印江．喬，他說過他要回到鎮上，到處探查找機會報仇，如果你看見他，就跟在他身後，如果他沒回到酒館的二號房，那就不是他的二號窩。」

「天啊，我不想一個人跟蹤他。」

「那時候是晚上，他不會發現你，就算被他發現，他也不會多想。」

「好吧，如果眞的很黑，我想我可以跟蹤他，我也不知道，但我會試試。」

「哈克，如果夜很黑，我一定會跟蹤他，信不信？萬一他發現無法報仇，一定會立刻去拿錢。」

「一定是的，沒錯，湯姆，我會好好跟著他，我一定去。」

「這樣就對了，別臨陣脫逃喔，哈克，我一定不會洩氣的。」

28 直搗龍穴

哈克害怕各種可怕的東西，一時之間反而希望災難降臨，好將他的呼吸一併帶走。

那晚湯姆和哈克準備好再次出擊，他們在酒館附近閒晃到九點鐘。一個人遠遠地看著小巷子，另一個人看著大門口，沒有人從巷子進出，也沒有貌似西班牙人的人從大門進出。那是個月色很美的晚上，於是湯姆回家去，並和哈克說好，如果夜色更暗之後，哈克會到湯姆家裝貓叫，然後湯姆就會偷溜出來，去試試看那些鑰匙能不能開二號房；但那晚夜色仍然清明，大約十二點時哈克結束看守，窩到一個裝糖的大桶子睡覺。

星期二，兩個人的運氣還是很差，星期三也是一樣，但星期四晚上似乎有些進展，湯姆盡早溜出門，手提著姨媽的錫燈籠，用一塊毛巾包住，把燈籠藏在哈克的大桶子，然後開始守夜，午夜前一小時，酒館關門熄燈（那是附近唯一的燈光），沒看到任何西班牙人，沒有人進出小巷子，一切都很順利，夜色也越來越暗，四周靜悄悄，只有偶爾遠處傳來的雷聲打斷完美的寧靜。

湯姆拿著燈籠，在桶子裡點亮後，用毛巾密不透風地包住，兩位冒險家在黑暗中往酒館一步一步前進，哈克在外面看守，湯姆摸黑走到巷子。哈克在外面等待，十分焦慮，彷彿有一座山壓在他的心頭上，他開始許願，盼望見到燈籠的亮光，也許他會因此嚇到，但至少亮光告訴他湯姆還活著，湯姆消失了好久，彷彿幾個鐘頭那麼久，也許他昏倒了，也許他死了，也許他的心臟因為太興奮、太害怕而爆炸了，在不安之中，哈克發現自己一步步接近小巷子，害怕各種可怕的東西，一時之間反而期待災難降臨，好將他的呼吸帶走，但似乎能帶走的並不多，因為他只能微微地呼吸，而他的心臟跳動的樣子彷彿隨時會停止。突然燈光出現了，湯姆衝到他身旁——

「快跑，快逃命啊！」他說。

他不需要重複這句話，說一次就夠了，還沒等湯姆重複他的話，哈克已經以一小時三、四十哩的速度跑走了，兩人一直跑到村莊低窪處，被棄置的屠宰場的小棚附近才停下來，當他們進入棚內，暴風雨來襲，下了一場傾盆大雨，湯姆喘氣一陣後說：「哈克，好恐怖，我試了其中兩支鑰匙，我已經盡可能輕悄悄，可是還是發出很大的聲音，嚇得我差一點無法呼吸，兩支鑰匙都轉不動，正當我沒意識自己在做什麼時，我抓住門把，門開了，門根本沒上鎖，我跳進去，掀開毛巾，接著，我的老天爺啊！」

「怎麼了，你看到什麼，湯姆？」

「哈克，我踩到印江．喬的手。」

「不會吧？」

「眞的，他躺在地上，睡得很熟，一塊紗布還貼在眼睛上，雙手展開。」

「老天啊，然後你做了什麼？他醒來了嗎？」

「沒有，一動也不動，喝醉了，我猜，我立刻抓起毛巾跑出來。」

「如果是我，我一定會忘記拿毛巾。」

「我不會忘記，要是我弄丟毛巾，姨媽一定不會讓我好過。」

「湯姆，你有看見那個箱子嗎？」

「哈克，我還來不及四處看看，我沒看見箱子，也沒看見十字架，什麼都沒看見，除了地上印江．喬旁邊的酒瓶和錫杯，眞的，我還看見房間裡有兩個大酒桶，還有一堆酒瓶，現在你了解鬼屋究竟怎麼回事了吧？」

「怎麼回事？」

「鬧的不是鬼，是酒鬼，說不定每個不准賣酒的酒館都有一間房間給酒鬼。」

「我想也是，誰會想到這種事呢？嘿，湯姆，既然印江．喬醉了，我們有機會去拿箱子。」

「沒錯，你去拿。」

哈克全身顫抖。「不要，我想還是算了。」

「我也不要，哈克，他的身邊只有一個酒瓶，不足以灌醉印江·喬，如果有三個酒瓶，那還差不多，我才願意去。」

停了好長一段時間，湯姆想了又想，說：「聽著，哈克，我們等印江·喬不在房裡的時候，再去試，否則不要輕舉妄動，太可怕了，如果我們每晚去看守，我們一定會看到他走出來，遲早一定會出來，然後我們迅速將箱子拿出來。」

「我贊成，我可以每個晚上整夜看守，你負責其他工作。」

「好吧，好吧，你只需要在琥珀街上走來走去裝貓叫，如果我睡著了，你拿一塊小石頭丟窗戶，就可以把我叫出來。」

「我同意，好極了。」

「哈克，現在雨停了，我回家去，一、兩個小時後，天就亮了，你回去酒館那邊看守，好不好？」

「我說過我會的，我以後也會，從今天起一整年我每天都到酒館外看守，白天睡覺，晚上守夜。」

「很好，你待會到哪兒睡覺？」

「班恩・羅傑家放乾草的棚子，他讓我去那邊睡，他爸爸養的黑人傑克叔叔也讓我睡在那兒，每次傑克叔叔要我幫忙提水，我一定幫忙，每次我跟他要東西吃，他也一定會給我，他是個好黑人，湯姆，他喜歡我，因爲我從來不會自以爲比他高尚，甚至有時候，我會坐下來和他一起吃東西，但你不需要跟別人說，當人很餓的時候，他就會願意做某些事，但老是要他這麼做，他也不會願意。」

「好吧，如果沒事我會讓你好好睡覺，我不會來吵你，晚上有任何動靜趕緊跑到我家裝貓叫。」

29 危機四伏

山頂上傳來貓頭鷹的嗚嗚聲，不吉祥的徵兆，還是沒腳步聲，老天啊，難道全部消失了嗎？

星期五早上，湯姆聽到的第一件事情便是個好消息，柴契爾法官與他的家人已經在前一晚回到鎮上了，一時之間，印江．喬和寶藏的事情都變成沒那麼重要，貝琪佔據湯姆所有的注意力；他終於見到了她，兩人和一群同學玩「捉迷藏」與「守溝」的遊戲，十分愉快，最後，貝琪央求母親實現延遲已久的承諾，明天爲她舉行野餐聚會，母親也同意了，因此，這一天以特別令人心滿意足的方式劃上句點，貝琪的喜悅無止無盡，而湯姆的快樂一點也不比她的少；太陽下山之前，所有的邀請卡都已送出，村裡的小朋友立刻進入一陣準備與歡欣期待的騷動中，湯姆太過興奮，讓他一直到很晚的時候才入睡；同時，他又期待聽見哈克裝貓叫聲，希望能得到寶藏，隔天好讓貝琪與其他參加野餐的小朋友驚訝一番，但他還是失望了，整晚沒聽到任何信號。

終於，到了早晨十、十一點的時候，一群頑皮愛玩的小朋友聚集在柴契爾家，每樣東西都已準備妥當，只等著出發。這種時候通常大人是不會出現，怕打擾野餐聚會，只有一些年約十八歲的淑女和一些年約二十三歲左右的紳士參加，在這些紳士淑女的羽翼之下，這群孩子相當安全。爲了這次特別的聚會他們還包租老渡船，此時，一大群快樂的小朋友一列列走上街頭，手裡提著裝滿食物的籃子，席德生病了，所以錯過好玩的時光，瑪麗留在家裡陪他，而柴契爾太太對貝琪說的最後一件事情是，「不可以太晚回來喔，不然，看看有沒有女孩家住渡船靠岸的碼頭附近，妳留在她們家過夜。」

「那我住蘇西．哈波家好了，媽媽。」

「好，要小心，要守規矩，不要惹麻煩。」

然後他們一路走著，湯姆對貝琪說：「嘿，告訴妳我們等會兒要做什麼，我們不去喬依．哈波家，我們要去小山丘上在老寡婦道格拉斯太太的房子那兒停留，她有冰淇淋喔，她幾乎每天都有很多很多冰淇淋，她一定會很高興我們去她那兒。」

「喔，那一定很好玩。」

然後，貝琪想了一想說：「可是媽媽會怎麼說呢？」

「她怎麼會知道呢？」

小女孩在心裡想了一想，不太情願地說：「我想這樣是不對的。」

「笨蛋，妳媽媽不會知道，所以有什麼關係呢？她只要妳平安沒事，我打賭，如果她想到，也會讓妳去，一定的。」

老寡婦道格拉斯太太熱情的款待十分吸引人，再加上湯姆的三寸不爛之舌，因此他們決定絕不對任何人說起今晚的節目，此時，湯姆想到，也許今晚哈克會出現打信號給他，想到這裡，他對今晚滿心的期待消退不少，但他也不想錯過到老寡婦道格拉斯太太家玩樂的機會，他在心裡辯解——爲什麼要放棄呢？前天晚上信號也沒有出現啊，憑什麼今晚比較有可能出現呢？可是今晚的玩樂十分確定了，因此也遠超過不確定的寶藏，湯姆畢竟是個男孩，他決心屈從於較強烈的意願，今天再也不讓自己想起那整箱的錢財。

小鎭下游三哩處，渡船停靠在一個樹木叢生的山谷口，並繫在柱子上，一大群人蜂擁而上，很快地，大片的森林和峭壁的山谷裡迴盪著叫聲與笑聲，這群遊蕩的小孩使出渾身解數，玩得一身又熱又累，然後隊伍零亂地漫步回到露營的地方，有了好胃口，開始搜括所有好吃的東西，大塊朵頤之後，接下來是休息或者在枝葉茂盛的橡樹下乘涼聊天的時候。不久，有人大叫——

「誰要去山洞裡玩？」

每個人都想去，拿出一大把蠟燭，一群人蹦蹦跳跳往山上前進。洞口在山腰上方——形狀酷似英文字母A的開口，又重又大的橡木門，矗立在洞口，沒有上鎖，裡面是小房間一般的石窟，冷得像冰庫，四周的牆壁是大自然用堅固的石灰石砌成，上頭的露水彷彿是冒出來的冷汗，站在這深沉的幽暗中，往外瞧見綠油油的山谷，在陽光底下閃亮，感覺十分浪漫神祕；但這深刻的感受很快便消退了，一群人開始跑來跑去到處嬉鬧，突然蠟燭點亮，所有人衝向拿蠟燭的人，接著展開一場搶奪與英勇防衛戰，沒多久，蠟燭被打翻，熄滅了，引起一陣歡愉的笑聲，於是開始新的追逐；不管如何，所有事情都有結束，一會兒後，隊伍排成一列從主要的走道直直往下走，幾支閃爍的燭光隱約顯現，左右兩邊高聳的石壁大約在頭頂上方六十呎的地方連在一起，這個主要的走道還不及八或十呎寬，每走幾步路就出現更高聳更狹窄的小路，從主要走道兩邊分岔出去——道格拉斯洞窟只不過是一個龐大的迷宮，由眾多彎彎曲曲的過道組成，這些過道偶然相遇交會，然後錯開，沒有導向任何終點。有人說裡面的裂口崖縫縱橫交錯，走上幾天幾夜也找不到盡頭，甚至可能一直一直往下走，走到地心，那兒也是如迷宮一般，迷宮之下還有迷宮，無止無盡，沒有人了解這個洞窟，那簡直是不可能的任務，大部分的年輕人只知道洞窟的一部分，而且通常也沒有人敢超過熟悉的部分繼續往下探索。湯姆．莎耶對這洞窟的了解，並不比其他人多。

隊伍沿著主要走道走了四分之三哩，然後有些人三三兩兩各自往岔路走去，在漆黑的走道上飛奔，有時候躲在走道和走道交會處嚇人，各組人馬玩躲貓貓的遊戲，玩了半個小時，沒有超過熟悉的範圍。

沒多久，一群接著一群的人零零散散回到洞口，玩得氣喘如牛，興高采烈，從頭到腳一身的蠟燭滴油和泥巴，弄得髒兮兮，這好玩的一天讓所有的人都神情愉快；接著，他們驚訝地發現居然沒注意到時間，而天就快黑了，船上的鈴聲已經響了半個小時，然而由鈴聲爲這一天的探險活動劃上句點，更顯得浪漫，也因此令人滿意。當渡船載著歡天喜地的乘客航向河裡時，除了船長之外，沒有人在乎浪費的時間。

當船隻一閃一閃的亮光經過碼頭時，哈克已經開始守衛，他沒聽到船上有任何聲音，因爲所有的人已經累得半死，沒有力氣，才會那麼安靜；哈克還在想：這船到底做什麼，爲什麼不停靠在碼頭呢？然而，沒多久，哈克便將疑惑拋諸腦後，集中注意力在自己的事情上，夜晚雲層越來越厚，天色越來越暗，十點鐘一到，所有車輛的噪音完全停止，零星的燈光也漸漸熄滅，見不到任何拖著步伐的路人，整個村莊進入睡眠中，留下小小的守夜人，孤零零地與寧靜爲伍，與鬼魂做伴；十一點鐘，酒館的燈也熄了，此時到處一片漆黑，哈克彷彿已等了好長一段無聊的時間，但沒有任何動靜，他開始失去信心，這眞的有用嗎？何不就此放棄回去睡覺算了。

他聽見一個聲音，一瞬間，集中所有注意力，小巷裡的門輕輕地關上，哈克跳到磚廠的角落，接下來，看見兩個人從他身邊走過，其中一個手臂下似乎帶著某個東西，一定是箱子，這麼說來，他們正在搬運寶藏囉，何不現在去找湯姆來，可是如果他們帶著箱子走，從此消失不見，那多麼荒謬啊，不行，得跟蹤他們才對，夜晚這麼暗，應該很安全，可以放心不會被發現，哈克在心裡這麼告訴自己，之後大步跨出去，赤著雙腳，像貓一樣靜悄悄地尾隨在兩人之後，與他們保持夠遠又看得見的距離。

那兩人沿著河流旁的街道走過三條街，然後左轉，往十字路口走去，然後直直往前走，最後來到通往卡帝夫山的小徑，沿著小徑走上去，經過老威爾斯曼的家，毫不遲疑地走上半山腰，並繼續往山上走，哈克心想：很好，他們會把寶藏埋在採石場；但他們居然沒有在採石場停下來，還是繼續走，走到山頂，然後走進一條兩邊都是高大鹽膚木的狹窄小徑，接著立刻隱匿在黑暗中，哈克跟上去並縮短與他們的距離，因爲現在他們一定看不見哈克，他快步走了一會兒，然後，害怕自己太快而放慢腳步，又移動一下子，接著完全停止，注意聽，彷彿聽見自己的心跳，除此之外，沒有任何聲音，山頂上傳來貓頭鷹的嗚嗚聲，不吉祥的徵兆，還是沒有腳步聲，老天啊，難道全都消失了嗎？正當他準備插翅跑走時，有一個人清清喉嚨，距離不到四呎遠，哈克嚇得心臟幾乎已經跳到喉嚨了，但他又吞了回去，然後開始顫抖，彷彿一打的寒顫全部一起控制了他，全身軟弱無力，他還以為自己就要倒在地上了，突然，他想到自己身處何地，距離不到五步的地方就是老寡婦道格拉斯太太的房子，很好，他想，就讓他們埋在那兒吧，這個地方並不難找。

又出現一個聲音，一個低沉的聲音，是印江．喬。

「可惡，可能還有人和她一起，這麼晚還有燈光。」

「我什麼也看不到。」

這是另一個陌生人的聲音，也就是在鬼屋的那位陌生人，一陣可怕的寒意襲上哈克的心頭，這就是所謂的復仇，他原本想逃走，可是接著他想起寡婦道格拉斯太太曾不只一次對他好，也許這兩個人要來殺她，他眞希望自己可以勇敢地去警告她，但他知道自己不敢，也許他們會來抓他，從剛剛陌生男子說話時，一直到印江．喬接下來說話這段時間當中，哈克想了很多很多。印江．喬說：「因為樹叢在你那邊，擋住了這邊啊，現在你仔細瞧，好嗎？」

「好的，的確有人和她一起，我們還是放棄算了。」

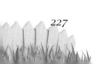

「放棄？我就要永遠離開這裡了，放棄也許還有別的機會，我再告訴你一次，就像我以前說的，我不在乎她的東西，你儘管拿，但她丈夫以前對我很兇，好幾次他對我壞極了，而且最重要的是，他就是那位判我為流浪漢的法官，還不僅如此，這只是千百分之一的帳，

他判我馬鞭刑，在監獄的前面，讓我像個黑人一樣被打，鎮上所有人都在看，馬鞭刑，你懂嗎？他佔我便宜，後來死了，現在我要從他太太身上討回公道。」

「別殺她，千萬不要。」

「殺她？誰說要殺她？如果她先生還在，我一定殺了他，但我可不殺他太太，當你對一個女人報仇時，你不需要殺她，你從她的外表下手，割裂她的鼻孔和耳朵，像對待豬一樣。」

「我的天啊，那——」

「你的高見留給自己吧，最好什麼都別說，保住自己一條命。我待會把她綁在床上，如果她流血至死，能怪我嗎？如果她眞的死了，我可不會掉一滴眼淚，我的好夥伴，你會幫我吧？就算爲了我，所以你才會來這裡，不是嗎？我一個人沒辦法，要是你逃走，我會殺了你，了解嗎？如果我必須殺了你，我也會連她一起殺掉，那麼，我想世界上再沒有人知道誰做的好事。」

「好吧，如果一定得下手，就趕快動手吧，越快越好，我已經渾身發抖了。」

「現在有客人在，你看，你最可疑，只有你知道這件事，不行，我們得等一等，等燈熄了，反正不急。」

哈克覺得隨後即將有一段沉默，那比任何有關謀殺的言談更恐怖，他屏住呼吸，小心翼翼地往後退，先抬起一腳，有些搖擺差點跌倒，平衡之後，穩穩地小心地放下腳，一腳先一腳後，以同樣苦心的方式，冒著相同的危險，再往後退一步，然後一步接一步——，一腳踩到一根樹枝，啪一聲，哈克連呼吸都停止了，注意聽，沒有聲音——只有打不破的沉默，心中升起無盡的感激，此時，站在兩邊是鹽膚木的小徑上，哈克轉身就像船隻掉頭那樣小心，然後快速並小心地踏出步伐，看到了採石場，他覺得安全了，於是拔腿飛奔，不停地往山下跑，一直跑到老威爾斯曼的家，猛力地拍門，威爾斯曼和他兩個健壯的兒子從窗口伸出頭，一探究竟。

「什麼事啊？誰在拍門？你想做什麼？」

「讓我進去，快一點，我有事要告訴你們。」

「什麼事？你是誰？」

「哈克貝瑞．芬恩，快讓我進去。」

「眞的是哈克貝瑞．芬恩，依我看，聽到這個名字沒有多少人家會開門喔，不過還是讓他進來吧，看看有什麼事。」

「拜託，千萬別說是我告訴你們的，」這是哈克進門後告訴他們的第一件事，「拜託，否則，我會被殺，那位寡婦有時候對我很好，所以我想把事情說出來，如果你答應不說是我說的，那麼我會一五一十告訴你。」

「哎呀，他眞的有事要告訴我們，不然他不會這個樣子。」老先生說，「孩子，說出來吧，這裡沒有人會說出去。」

三分鐘後，老先生和兩個兒子全副武裝上山去，悄悄地走進兩邊是鹽膚木的小徑，手裡拿著武器，哈克只陪他們走到這裡，不再往前，他躲在一塊大石頭後面，趴下來注意聽，一陣好長焦急的沉默之後，接著突然槍聲、哭聲爆發出來。

哈克一秒也不等，立刻跳起來，腿能跑多快就跑多快，頭也不回往山下飛奔。

想一想

本章最後一次的槍傷是誰遇害了？

30 尋找失蹤的孩子

可怕的消息開始傳送千里，不到半個小時已有兩百人湧向大馬路及河邊，朝洞穴前進。

星期日清晨，天色有一點點亮了，哈克開始摸索上山，輕輕地敲著威爾斯曼的家門，裡頭的人還在睡覺，但是經過昨晚那刺激的事件之後，睡眠很淺，幾乎一觸即醒，窗戶那邊傳來一個聲音：「是誰？」

哈克飽受驚嚇的聲音低聲回答：「請讓我進去，我是哈克．芬恩。」

「聽到這個名字，不管白天或晚上，我們的門爲你開，歡迎光臨，孩子。」

在外流浪已久的哈克，實在不習慣聽到這句話，但這也是他聽到最悅耳的一句話，他想不起過去是否曾有人對他說出類似的話，門很快地打開，哈克進去，他們請哈克坐下來，老先生和兩個兒子迅速穿上衣服。

「好孩子，我希望你肚子餓了，想吃東西，因爲等太陽升起，早餐就準備好了，是熱騰騰的早餐喲，放輕鬆，不要太拘謹，我和我兒子昨晚本來想等你出現，留下來過夜。」

「我昨晚嚇壞了，所以先跑了，一聽到槍聲我就跑了，一直跑了三哩都沒停下來，我現在來找你們，因爲我想知道情況如何，天還沒全亮就來，是因爲我不想遇見那兩個壞蛋，即使他們可能死了。」

「可憐的孩子，看起來你昨晚過得很不好，這裡有張床，等你吃完早餐可以休息一下，孩子，他們沒有死，我們很抱歉，我們按照你的描述找到他們，於是我們悄悄地走，走到距離他們十五呎的地方，鹽膚木的小徑就像地窖一樣黑，就在那時，我打了一個噴嚏，運氣眞差，我試過忍住，但沒有用，手裡拿著手槍走在最前面，我一打噴嚏，那兩個惡棍立刻窸窸窣窣鑽出小徑走開了，我大叫兒子們開火，接下來對著傳出窸窸窣窣聲的地方開了好幾槍，我兒子也這麼做，但他們一瞬間就不見了，我們隨即追上去，穿過森林往山下追，我想子彈可能連碰都沒碰到他們，跑走之前他們也開了幾槍，但子彈從身旁咻的一聲飛過，沒傷到我們，等到我們完全聽不到他們的腳步聲時，便放棄追逐，然後下山去找警察，他們召集一群民兵出發前往河邊站崗，天一亮，警長和一群人將搜查森林，我的兒子也會加入他們搜尋的行列，我眞希望你能仔細描述那兩個歹徒的樣子，對警察比較有幫助，但是當時那麼黑，我猜你一定也無法清楚看見兩人的樣子吧。」

「我看見他們的樣子，其實我在鎭上就看到他們，一直跟蹤他們到山上。」

「太好了，快點描述他們的樣子。」

「其中一個是又聾又啞的西班牙人，曾經來這裡一、兩次，另一個看起來髒兮兮，衣服破爛。」

「這樣就夠了，孩子，我們清楚了。有一天在寡婦家後面的樹林裡，我遇見這兩個人，他們鬼鬼祟祟地走掉，兒子，你們去吧，告訴警長他們的樣子，記得帶明天的早餐。」

威爾斯曼的兒子立刻出門。

正當他們出門時，哈克立刻跳起來大叫：「請不要跟任何人說是我告發他們，拜託。」

「好吧，既然你這麼說，可是，哈克，你做了好事，應該得到獎賞。」

「不要，不要，請你不要說出去。」

年輕的兒子離開後，老威爾斯曼說：「他們不會說出去，我也不會，但是，你爲什麼不讓人知道呢？」

哈克想不出什麼理由，只說他知道其中一位壞蛋太多事情，絕不能讓那壞蛋知道他知道任何事，否則一定會殺他滅口。

老人再一次承諾，並問道：「你怎麼會跟在那兩人身後呢？是不是他們形跡可疑嗎？」

哈克沉默了一陣子，心裡編織一個謹慎且適當的答案，然後他說：「你知道，我是個品行不良的人——至少大家都這麼說，我覺得他們也沒說錯——有時候心裡想著這個問題，所以睡得很少，希望想出一個好辦法改變自己，昨天晚上就是這樣，我睡不著，於是半夜起來到街上走走，到處走遍了，不知不覺來到戒律酒館附近的老舊磚廠，靠著牆壁，我繼續思考自己的問題，就在那時，來了兩個人，悄悄溜過來，非常靠近我，手臂下不知道拿什麼，我想一定是他們偷來的，其中一個在抽菸，另一個向他借火，當時他們站在我面前，當他們點起雪茄時，我看見兩人的臉，其中個子高大的那位是又聾又啞的西班牙人，白色的鬍子，眼睛上罩著紗布，一看就知道，另一個壞蛋穿著又髒又破的衣服。」

「憑著點雪茄的火光，你就能看見他一身破破爛爛的衣服？」

這麼一說，讓哈克有些不知所措，他只好接著說：「我也不太清楚，但是我好像看到了。」

「然後他們走掉，而你……」

「沒錯，我跟在他們身後，我想看看究竟怎麼回事，瞧一瞧他們為什麼偷偷摸摸，我跟到寡婦家附近，站在黑暗的角落裡，我聽見一身破爛的那一位替寡婦求情，而西班牙人說什麼也要毀掉她的容貌，就像我告訴你和你兒子那樣。」

「什麼？那個又聾又啞的傢伙會說話？」

哈克又犯了一個難以轉圜的錯誤，他使盡力氣避免讓老先生猜到那西班牙人是誰，但不管他再怎麼注意，舌頭就是不聽話，反而惹出更多麻煩，當他努力想挽回錯誤時，老先生瞪著他看，讓他一而再地說錯話，此時，老威爾斯曼說：「孩子，不要怕，我絕不會傷害你一根汗毛，我會保護你，那位西班牙人並非又聾又啞，對不對？你剛剛已經不小心脫口說出，收不回去了，你知道那西班牙人是誰，卻不肯說，對不對？相信我，告訴我實話，相信我，我不會背叛你。」

哈克看著老人誠懇的眼睛，然後彎下腰，在他耳裡輕聲地說：「他不是西班牙人，是印江．喬。」

威爾斯曼幾乎要從椅子上跳下來，接著他說：「當初你說割下鼻子耳朵，我就懷疑是你瞎扯，因爲白人不會用這種方式報仇，如果是印江．喬，那就另當別論。」

早餐時，他們繼續談著，其間老先生說，昨晚他和兒子上床睡覺前，做的最後一件事，便是提著燈籠去階梯及附近看看有無血跡，雖然沒有發現任何血跡，卻找到一大把的……

「什麼？」

如果這兩個字是閃電，那麼從哈克蒼白的嘴巴脫口而出時，如此迅速與突然，眞是讓人嚇了一大跳，此時，他的眼睛瞪得好大，呼吸也暫時停止了，就等著答案從威爾斯曼口中說出，老先生做勢要回答，同時瞪著哈克，三秒、五秒、十秒，答案是……

「小偷的工具，你到底怎麼了？」

哈克跌坐在椅子上，緩緩喘口氣，心裡深深地謝天謝地，但沒說出口，威爾斯曼表情凝重且好奇地看著他，說：「沒錯，是小偷的工具，你好像鬆了一口氣，爲什麼你那麼緊張？你以爲我們找到了什麼？」

哈克處於很不利的情況——老先生懷疑的目光直直地瞪著他——他得說些什麼讓老先生相信——腦袋一片空白，沒有任何點子——懷疑的目光緊迫盯人——只有一個不合常理的答案閃過腦海——沒時間想了——於是鼓起勇氣，哈克說，聲音極微弱：「可能是主日學的課本吧。」

可憐的哈克非常沮喪，完全笑不出來，倒是老先生開懷地哈哈大笑，非常開心，從頭到腳笑得十分燦爛，還說笑得如此開心比口袋裡的錢還珍貴，因爲一笑解百憂，連醫藥費都省了，他還加上一句話：「可憐的孩子，看你臉色發白，是不是不舒服？難怪你心神不寧，沉不住氣，休息一下，睡一會兒，就沒事了。」

哈克想到自己那麼蠢，那麼容易露出馬腳，很氣自己，其實昨晚在寡婦屋外聽到那兩人的對話，他早已經不認爲從酒館拿出來的東西是寶藏，但話說回來，他只是不認爲，並不確實知道到底是不是寶藏——聽到老先生提到找出一些東西，哈克當然直接想到寶藏，無法控制。不管怎麼說，他還是很高興事情發展至此，現在，毫無疑問地，那堆東西並不是他想的那些東西，所以他的心情也舒坦起來，可以好好休息了。事實上，事情發展頗爲順利，寶藏一定還在二號窩，那兩人將會被逮捕並關進監牢，他和湯姆就可以趁著晚上，不費吹灰之力，不必提心吊膽，去拿寶藏。

早餐一吃完，門外有人敲門，哈克跳起來找地方躲藏，他一點也不想和昨晚的事情扯上絲毫的關係，威爾斯曼打開門，讓幾位女士先生進屋，其中一位是寡婦道格拉斯太太，其他人都是上山看熱鬧的村民，顯然消息已經傳遍大街小巷了。

威爾斯曼向來訪的人解釋昨晚發生的事，保住一命的寡婦感激之情溢於言表。

「太太，別這麼說，還有一個人比我和我兒子更應該得到妳的感謝，但他不願意讓我說出他的名字，要不是他，我們昨晚不會去捉人。」

這麼一說，當然引起眾人的好奇，反而忽略前來的目的。不過，威爾斯曼希望來訪的人都知道這件事，並將消息傳到鎮上去，他可不願將來帶著祕密死去。

得知事情眞相之後，寡婦說：「昨晚我在床上讀書，讀著讀著便睡著了，睡夢中聽見嘈雜聲，你怎麼不叫醒我呢？」

「我們覺得沒有必要，那兩個人應該不會再來，因爲他們沒有工具可以下手，況且，把妳叫醒，然後害妳嚇得半死，有什麼用呢？後來，我派三個黑人整晚在妳屋外站崗看守，他們剛剛才回來。」

一批人走之後，又來了一批，故事得反覆又反覆說一遍，可以說上兩、三個小時。

暑假期間，主日學校也暫時停課，但每個人仍然早早前往教堂，昨晚的事引起一陣騷動，大家不停地談論，消息立刻傳開，兩個壞蛋還沒被找到。佈道結束後，柴契爾法官的太太隨著群眾步出教堂時，走到哈波太太的身邊，問道：「我們家貝琪整個早上都在睡覺嗎？我想她一定是累壞了。」

「你們家貝琪？」

「是啊，」一臉驚訝的表情，「難道她昨晚沒去妳家嗎？」

「沒有啊。」

柴契爾太太臉色立刻轉白，一下子坐倒在教堂椅子上，這時玻利姨媽正和朋友愉快地聊天，從她們身邊經過，玻利姨媽說：

「早安，早安，我早上發現我們家有個男孩不見了，我想應該在你們其中一人的家裡過夜吧？現在不敢上教堂，我一定找他算帳。」

柴契爾太太虛弱地搖搖頭，臉色更加慘白。

「他沒有來我家過夜。」哈波太太神色開始不安，玻利姨媽臉上也明顯地露出擔憂。

「喬伊·哈波，今天早上有沒有看見湯姆？」

「沒有。」

「你最後一次看見他是什麼時候？」

喬伊試著回想，但不確定何時，所有正步出教堂的人停下腳步，大家開始輕聲交談，每個人的表情都露出不安的神色。

大人焦急地詢問小孩及隨行的年輕教師，他們都說回家時沒有注意湯姆和貝琪是否上船，也沒有人想到要清點人數，看是否有人不見了，終於有一位年輕的男子說出大家最害怕的事：他們還在洞穴裡。柴契爾太太昏了過去，玻利姨媽忍不住大哭，拚命地扭自己的手。

可怕的消息開始傳送千里，從一張嘴到另一張嘴，一群人傳到另一群人，一條街傳到另一條街，五分鐘之內，鐘聲瘋狂地響起，整個村莊全都集合在一起，昨晚卡帝夫山事件也顯得不重要，搜查壞蛋的事也拋諸腦後，馬匹已經準備好了，小艇也載滿人員，渡船也出動了，還不到半個小時，已有兩百人湧向大馬路及河邊，朝洞穴前進。

整個漫長的下午，村莊空盪盪一片死寂，許多婦女前來拜訪玻利姨媽和柴契爾太太，試圖安慰她們，並和她們一起哭泣，總比任何安慰的話來得好。到了晚上，長夜漫漫，所有人都在等待消息，隔天終於到了破曉時候，等到的消息仍然只是「送更多的蠟燭去，還有食物」。柴契爾太太幾乎崩潰了，玻利姨媽也是，雖然在洞穴的柴契爾法官捎來希望鼓勵人心的話，但依舊無法振奮人心。

老威爾斯曼天亮時回到家，一身都是蠟油和泥巴，整個人累壞了。哈克還在他爲他準備的床上睡覺，老先生發現哈克竟然發著高燒昏迷不醒，而醫生全都在洞穴裡，只能由寡婦道格拉斯太太來照顧他，她保證一定盡全力，「只要是上帝的子民，不管是好或是壞亦或冷漠，沒有人會被拋棄。」威爾斯曼說哈克有良善的一面，寡婦便說：「一定錯不了，那是上帝的記號，上帝不會棄他不顧，祂從來不會，只要是上帝親手創造，一定有上帝的記號。」

接近中午時，陸續一群群累得東倒西歪的人從洞穴回到村莊，而身強體壯的仍繼續搜尋。消息指出，洞穴最遠的部分，以前從未去過的部分，都已經搜過了，每個角落每個縫隙也徹底清查。不管什麼地方，只要有人進入縱橫交錯的迷宮，就會看到遠處閃爍不定的燭光，人群的叫聲、槍聲迴盪在凝重的走道上，傳入人們的耳裡。有一個地方距離遊客常去的地方很遠，人們發現牆上留有貝琪和湯姆的名字，是用煙熏留下的字跡，附近還找到沾上蠟油的緞帶。柴契爾太太認出緞帶，忍不住哭了起來，說這是貝琪留給她最後的遺物，其他的紀念品都比不上這條緞帶的珍貴，因爲這條緞帶是可怕死亡來臨前，女孩身上攜帶的物品。有人說，偶爾洞穴裡遠遠的地方有燈光閃爍，然後傳出一陣很大聲的呼叫聲，幾十個男人便往叫聲迴盪的走道前進，但結果總令人十分失望——不是湯姆或貝琪的燈光，而是搜救人員。

漫長的三天三夜過去了，村莊陷入絕望的麻木，大家無心做其他事情。這時，偶然有人發現戒律酒館的老闆在店裡賣酒給客人，即使是這麼重大的事情，也絲毫無法引起民眾的注意與關心。

哈克比較清醒的時候，有氣無力地談起酒館的事，並終於問道——隱約擔心發生了最糟糕的情況——在他生病時，戒律酒館是否發生了什麼事？

「是啊。」寡婦說。

「發生什麼事？」

「酒啊，那地方已經被迫關門了。躺下，孩子，你弄得我神經緊張。」

「妳只要回答我一件事，一件事就好：是不是湯姆找到了？」

寡婦哭了起來，「安靜下來，孩子，我跟你說過，你不能說話，你病得很重。」

除了酒，什麼也沒發現，如果找到金子，一定會引起軒然大波，難道寶藏永遠消失了？

永遠消失了？那她哭什麼呢？奇怪，她怎麼哭成這個樣子？

哈克腦子裡混混沌沌想著這些事，想得十分疲倦了，便朦朦朧朧睡去。寡婦對自己說：

「終於睡了，可憐的孩子，『湯姆找到了？』可憐沒人找到湯姆，剩下的時間不多了，我們必須懷抱希望和力量，才能繼續找下去。」

31 洞中相依為命

兩人緊盯僅存的蠟燭，微弱的火燄上升又降落，然後可怕的漆黑籠罩一切。

現在讓我們回到湯姆和貝琪參加郊遊的情形；那天，他們和其他同伴一起走在昏暗的通道上，去參觀那些熟悉的奇景——這些奇景都被冠上過於美化的名字，例如「會客室」、「教堂」、「阿拉丁皇宮」等等，後來大家玩起躲貓貓的遊戲，湯姆和貝琪也興奮地加入其中，直到玩得過頭，有人漸漸感到疲憊爲止；接著湯姆和貝琪沿著一條彎曲的小通道走去，高高舉起蠟燭仔細研究石壁上（用煙燻黑）糾成一團、歪七扭八的名字、日期、通信地址和座右銘等字跡。再繼續隨意走下去，邊走邊聊，根本沒注意到他們已經走到石壁上完全沒有任何字跡的地方，他們也在岩石突出垂下的地方燻上自己的名字，然後再往前走。後來他們走到一個地方，那兒有小小溪水從突出的岩層慢慢往下滴流，夾帶著石灰石的殘渣，經年累月之後，形成一道閃爍、不朽的鐘乳石，猶如帶有花邊皺褶的瀑布一般，湯姆將自己小小的身軀擠進鐘乳石後面，用蠟燭把它照亮，好讓貝琪看了高興；他發現後方有一處天然形成的陡梯，兩邊是窄牆包圍，湯姆心中馬上興起探險的念頭，貝琪也響應他的號召，兩人用煙做出記號，好作為回頭的指引路標，然後便開始他們的探險活動；他們一路蜿蜒前進，往地底下深入洞穴神祕的境地，做了另一個記號；然後走入一條岔路，去尋找更多新奇的事，回來便可以說給地面上的人聽；到了某個地方，他們發現很寬敞的洞穴，從洞穴的頂端垂下好多好多鐘乳石，和男人的腿一樣長一樣粗，湯姆和貝琪繞著鐘乳石轉，又是驚訝又是讚嘆，然後從通向這個洞穴的數個通道中選擇一條離開；不久，他們來到一處神奇的泉水，泉水的池邊覆蓋一層閃閃亮亮水晶體的霜花，這泉水是在一個洞穴的中央，四周牆壁都是由許多美麗的柱子支撐，這些柱子便是鐘乳石和石筍結合在一起而形成，這是幾百年來滴水穿石從未停歇的結果；洞穴頂部好幾千隻蝙蝠蜷伏在一起，形成一大片的景觀；燈光照明驚動了牠們，幾百隻蝙蝠拍打翅膀飛下來，一面猛力地撲向燭光一面尖叫，湯姆很清楚蝙蝠的行徑，也很了解其中的危險，於是他抓著貝琪的手，急忙往首先找到的通道跑去，還好及時跑出去，因為正當貝琪跑過洞穴時，有一隻蝙蝠用翅膀拍打貝琪的蠟燭，把火弄熄了；蝙蝠追著他們好一段距離，兩人一見到新通道立刻跑進去，最後才擺脫危險的蝙蝠；沒多久，湯姆發現一個地下湖，湖面在黑暗中延伸好遠，直到陰暗中看不見湖的形狀，湯姆原本想去找出湖的輪廓，最後覺得還是先找地方坐下來休息，這是第一次兩人感覺到此地深沉的寧靜，好像有一隻又冷又濕的手放在兩人的心頭，貝琪說：「我怎麼沒注意到，好像好久沒聽到其他人的聲音了。」

「貝琪，想一想，我們已經遠在他們之下的地層裡，我不知道他們究竟在哪一個方向，是北方、南方，還是東方，我們在這裡沒辦法聽見他們的聲音。」

貝琪越來越擔心。

「不知道我們下來多久了？我們該往回走了。」

「我也認爲最好如此。」

「湯姆，你知道怎麼走回去嗎？剛剛的路彎來彎去，我完全搞不清楚了。」

「我想應該可以，不過那些蝙蝠不好惹，如果蝙蝠把我們兩人的蠟燭都弄熄，那就慘了，我們試試其他路徑吧，那就不必再遇上蝙蝠。」

「好吧，希望我們不會迷路，那一定很可怕。」想到迷路的可能性，女孩害怕地打哆嗦。

他們動身往一條通道走去，一句話也沒說，就這樣走了很遠，每遇到新的通口便望一眼，看看是否有曾經經過的熟悉感，但全部都是陌生的樣子。每一次湯姆仔細查看時，貝琪便注意看著他的臉，希望看到一點鼓舞人的表情，而湯姆總是愉快地說：「啊，沒關係，不是這個通口，不過我們很快就會找到了。」

但每一次失敗都讓湯姆感到希望越來越渺茫，後來他們開始完全隨意轉進新的岔路，絕望地尋找著正確的方向，湯姆依然說「沒關係」，但其實一股沉重的恐懼感壓在他的心頭上，而他說的話已經失去響亮的聲調，聽起來好像是「沒希望」，貝琪懷著極度的恐懼，緊緊貼在湯姆身邊，努力想忍住淚水，但眼淚還是拚命流出來，她終於還是說：「湯姆，不要管蝙蝠了，我們還是走回頭路吧，我們越走越不對勁。」

湯姆停下腳步。

「你聽！」湯姆說。

一股深厚的沉默，沉默如此深就連他們的呼吸在寂靜中也特別大聲。湯姆大叫一聲。湯姆大叫的這一聲迴盪在空洞的通道，終於化成微弱的聲響，消失在遠處，彷彿像是一陣陣漣漪般嘲弄的笑聲。

「別再叫了，湯姆，聽起來好嚇人。」貝琪說。

「是很嚇人，不過，我最好還是再叫幾聲，妳知道嗎，這樣才可能讓他們聽見我們。」

湯姆又叫了一聲。

「可能」這兩個字比起恐怖的笑聲更令人心寒，那表示希望逐漸渺茫。兩個小孩一動也不動地站在那兒，仔細聽著，但沒有任何結果，湯姆立刻轉身朝反方向加緊腳步跑去，沒多久，湯姆的舉動出現明顯的猶豫不決，透露另一個可怕的事實，他找不到回頭路了。

「湯姆，你沒做記號呀？」

「貝琪，我眞蠢，我根本沒想到我們會走回頭路，不行，我找不到路，全搞混了。」

「湯姆呀湯姆，我們迷路了，我們迷路了，我們永遠無法離開這個鬼地方，出不去了，早知道我們不應該和其他人走散。」

貝琪跌坐在地上嚎啕大哭，湯姆突然想到她可能會死或神志不清，也嚇壞了，他坐在貝琪身邊，雙手抱住她，貝琪將臉埋在湯姆的胸懷，緊緊抱住湯姆，把所有的恐懼、無法彌補的後悔全部傾瀉出來，遠遠傳回的回音卻變成嘲諷的笑聲。湯姆求她鼓起勇氣，她說她做不到，他開始自責，懲罰自己怎麼會讓這麼悲慘的情況發生在她身上，湯姆的自責有了一些效果，她答應試著抱持希望，她願意站起來，不管他帶她去哪，都會跟隨在後，只要他不要再說那些自責的話，因爲她說她自己同樣也有錯也該罵。

於是他們又繼續前進，毫無目標，只是隨機找路，他們也只能往前走，不停地走，有那麼一陣子，他們的確重新燃起希望，並不是因爲有任何理由支撐，而是因爲未經歲月及失敗摧殘，希望本身仍保有青春活力，自然而然便復甦了。

沒多久，湯姆把貝琪的蠟燭拿過來，並將它吹熄，如此地節省眞是意味深遠啊，不需多做解釋，貝琪便懂了，她的希望再次破滅，她知道湯姆口袋裡還有三、四支蠟燭，然而他必須省著點用。

過了一會兒，疲憊侵襲他們的身軀，他們試著不去注意，時間越來越寶貴，想到坐下來休息便覺得可怕，只要保持走動，不管從這個方向或是那個方向，至少有一些進展，也許會有結果，但坐下來等於邀請死亡前來，縮短死亡追趕的時間。

最後，貝琪無力的四肢拒絕往前再走一步，她坐下來，湯姆陪她休息，他們聊起家人、朋友、舒服的床，還有最重要的，那就是亮光。貝琪哭了起來，湯姆試著想辦法安慰她，但他的鼓勵失去意義，聽起來反而像諷刺，疲憊是如此沉重地壓在貝琪的身上，她忍不住打盹，而湯姆心裡卻感覺滿足，坐在一旁看著她愁苦的臉因爲甜美的夢而變得平滑自然，慢慢地，笑容浮現在她臉上，停駐在那兒，貝琪祥和的臉反映出祥和，爲湯姆的精神帶來療效，他的思緒也飄呀飄地回到好久以前的時光，及恍惚如夢的記憶，正當湯姆冥想出神時，貝琪一聲笑盈盈，隨即立刻醒過來，笑容在嘴角邊打住，接著而來的是一陣呻吟。

「啊，我怎麼能睡著?多希望我永遠永遠不要醒，不要，不要，湯姆，不要這樣看我，我不會再說這種話了。」

「我很高興妳睡了一下，貝琪，休息過後，妳精神好多了，我們一定會找到出路。」

「湯姆，我們可以再試試，在夢裡我見到好美的風景，我想我們一定會到那兒。」

「可能會，也可能不會，打起精神，貝琪，我們得繼續試試。」

兩人起身漫無目地走著，手牽著手，心裡卻不抱任何希望，他們試著計算待在洞裡多久了，但他們只知道感覺上彷彿過了幾天又幾個星期，然而實際上卻不可能，因爲他們的蠟燭還未燒完呢。之後又過了好久，他們也不知道到底有多久，湯姆說，腳步必須放輕，仔細聽水聲，一定可以找到泉水，他們即刻發現一處泉水，湯姆說是休息的時候了，兩人一身疲憊，但貝琪要求再繼續往前走，沒想到湯姆堅持反對，她很驚訝，想不透爲什麼。兩人坐下後，湯姆拿些泥土將蠟燭固定在面前的牆壁上，兩人心裡不停地想著事情，好一陣子誰也沒說什麼，接著，貝琪打破沉默說：「湯姆，我好餓。」

湯姆從口袋裡掏出東西。

「妳記得這個東西嗎？」湯姆問。

貝琪幾乎笑了起來。

「那是我們的結婚蛋糕，湯姆。」

「沒錯，我眞希望這塊蛋糕和水桶一樣大，可是這是我們僅有的一切。」

「野餐時，我偷偷藏了一塊，好讓我們想像結婚時的樣子，湯姆，就像大人婚禮時進行的一樣，可是這塊蛋糕即將成爲……」

話沒說完，貝琪便停了下來。湯姆將蛋糕切成兩半，貝琪吃得津津有味，而湯姆也細細咀嚼自己的那一份，吃完這頓大餐後，兩人飲用一旁豐沛的泉水，不久，貝琪建議該繼續走下去，湯姆卻默默不語，一陣子之後，他說：「貝琪，如果我告訴妳一件事，妳能禁得起打擊嗎？」

貝琪的臉色立刻轉爲蒼白，但她認爲可以。

「好吧，貝琪，我們必須待在這裡，有水喝的地方，這是我們最後一支蠟燭了。」

貝琪眼淚嘩啦嘩啦流下來，嚎啕大哭，湯姆盡最大的努力安慰她，但卻沒什麼效果，最後貝琪說：「湯姆……」

「怎麼了，貝琪？」

「他們發現我們不見，一定會來找我們。」

「是的，他們會回來找我們，肯定會。」

「也許，他們現在正在搜尋。」

「我想也許是吧，我也希望如此。」

「他們什麼時候會發現我們不見了？」

「我想應該是回到船上的時候。」

「湯姆，那時候已經天黑了，他們會發現我們沒跟上嗎？」

「我不知道，不管如何，等他們回到家，妳媽媽一定會發現妳不見了。」

貝琪的臉上出現驚恐的表情，湯姆立刻覺察到自己說錯話了，貝琪當天晚上並不打算回家，兩人沉默下來，腦海閃過各種念頭，一時之間一陣新的哀傷從貝琪心中湧出，湯姆因此得知貝琪也想到他所想的事情，在柴契爾太太發現貝琪沒有到哈波家過夜之時，禮拜日的早晨大概已經過了一半。

兩人緊盯著僅存的蠟燭，看著它一點一點慢慢地無情地融化，最後眼見半吋的蠟芯孤零零地立在蠟油中央，微弱的火燄上升又降落，順著一絲絲的煙霧往上攀爬，最後盤旋在頂端，然後可怕的漆黑籠罩一切。

兩人都不知道究竟過了多久，貝琪才慢慢恢復意識，發現自己倒在湯姆的懷裡哭泣，他們只知道時間漫漫，彷彿過了許久，之後他們從渾然失去知覺的睡眠醒來，又要面對眼前悲慘的處境，湯姆說，現在可能是星期日，也可能是星期一，他試著和貝琪說說話，但她的悲傷壓迫心情，完全失去希望，湯姆說，他們已經失蹤很久了，搜尋的工作一定正在進行，他可以大叫，或許有人會找到他們的位置，湯姆試了一次，但黑暗中遠處傳來的回聲如此恐怖，他也就不再試了。

幾個小時白白浪費掉了，飢餓又再度折磨困在洞裡的可憐人，湯姆那一半蛋糕還剩一小塊，分成兩份，湯姆和貝琪吃掉僅存的食物，但感覺卻比之前還餓，那一點點的食物反而引起更多的食欲。

一會兒之後湯姆說：「噓，妳聽那聲音。」

兩人屏住呼吸傾耳聽，好像是微弱的遠處呼喊聲，湯姆即刻回應，手牽著貝琪一起往聲音的方向摸黑走在通道上，然後他又仔細聽著，又聽見微弱的聲音，這回顯然更接近了。

「是他們，他們來了，來，貝琪，我們現在沒事了。」

兩人宛如監禁的囚犯得到釋放，高興得不得了，走路的速度很慢，因爲走道上處處凹凸不平，必須非常小心。沒多久他們遇上凹陷地方，得停下來，凹洞可能有三呎深，也可能一百呎深，絕不可能通過，湯姆趴下來，盡可能往下探測，但探不到底部，他們只能停在原地，等搜救的人前來，他們注意聽著聲音，顯然遠處的聲音越來越遠了，一會兒之後聲音完全不見了，眞慘，讓人忍不住心往下沉，湯姆大聲吼叫，直到喉嚨啞了，但還是沒用，他仍然滿懷希望地和貝琪聊天，但焦急等候已久，仍聽不見任何聲音。

湯姆和貝琪摸黑走回泉水的地方，時間一分一秒地拖延，他們又睡著了，醒來時飢腸轆轆，心情十分悲苦，湯姆想，這時應該已經星期二了。

突然，他想到一個點子，附近有些岔路，湯姆想去試試，總好過無所事事坐在那兒承受時間的重擔，他從口袋拿出風箏線，一頭綁在突出的岩石上，然後他帶領貝琪出發，一路摸黑走出去，風箏線便一路拖曳，走了二十步，來到通道盡頭處，竟是陡然陷落的地勢，湯姆跪在地上伸手往下探索，雙手繞過彎角，盡可能延伸，越遠越好，他很努力想往右邊伸展，不到二十碼遠的地方出現一隻人的手，那隻手拿著蠟燭從岩石後方走出來，湯姆大聲地歡呼，隨即那隻手所屬的身體出現了，是印江．喬。湯姆愣住了，無法動彈，下一秒鐘，湯姆心中無限感激，因爲那西班牙混血傢伙發現有人便拔腿就跑，消失得無影無蹤，湯姆心想，印江．喬八成沒認出他的聲音，否則他一定跑過來殺了湯姆，以報復他在法庭上指證他，有可能回音掩飾了湯姆的聲音，毫無疑問地，湯姆推斷一定是這樣。而他的恐懼嚇得身上每一塊肌肉提不起勁，他對自己說，要是有足夠的力氣回到泉水的地方，他寧可待在那兒，說什麼也不願冒著遇上印江．喬的危險離開那兒，湯姆很小心地不讓貝琪知道他看見了誰，他只說大聲歡呼是爲了祈求好運。

但時間久了，飢餓與悲哀遠超過恐懼。在泉水處等了又等，睡了一覺之後，事情又不一樣了，兩個人醒來時，受到飢餓百般折磨，湯姆相信此時應該是星期三或星期四，甚至有可能已是星期五或星期六，村民一定已經放棄搜救行動了，他提議往另一個通道試試看，儘管冒著遇見印江·喬的危險，儘管心裡非常恐懼，但貝琪非常虛弱，她已經陷入茫然無感知的狀態，意識無法保持清醒，她說她會在這裡等著，然後死去，就快了，她跟湯姆說，如果他想去試試看，就帶著風箏線出發吧，她只求湯姆每隔一下子就要回來跟她說說話，她要湯姆承諾當最痛苦的時刻來到時，他一定會陪在她身邊，握住她的手，直到一切結束。

湯姆輕輕地吻了她，難過的感受哽在喉嚨，但依然表現出信心滿滿的樣子，一定能等到搜救人員，或找到離開洞穴的出口，然後手裡拿著風箏線，雙手雙腳趴在地上摸黑往其中一個通道走去，飢餓壓迫著他，死亡即將到來的預感，令他心中悲悽。

想一想

本章貝琪哭了幾次？哭的原因是什麼？

32 機智脫困

洋鐵鍋子和號角聲也加入人們的狂叫聲中，人越來越多，都爲了去迎接那兩個坐在敞篷車上的孩子。

時間到了星期二下午，日光漸漸消退，直到暮色低垂，整個聖彼得村莊籠罩在慟失兩個小孩的哀悼中，村民已爲他們安排公開的祈禱會，至於私底下的祈禱，則是數也數不清。祈禱的人都是滿懷虔誠，但仍然沒有任何好消息從洞穴傳出。大部分的搜救人員已經放棄搜尋，認爲兩個小孩顯然不可能找到了，於是便回到他們平日的工作崗位。柴契爾太太病倒了，大多時候處於狂言囈語的狀態，聽到她呼喊自己的孩子，抬起頭傾聽足足一分鐘，然後嘆口氣，無力地躺下，看她這個樣子大家的心都碎了；玻利姨媽已經心灰意冷，原本灰色的頭髮也已轉白。星期二的晚上整個村莊沒有人活動，一片悲傷與悽涼的景象。

半夜的時候，村莊響起一陣陣瘋狂的鐘聲，一下子所有街上到處是興奮來不及穿好衣服的人，大家喊著：「快出來，快出來，找到他們了，找到他們了！」洋鐵鍋子和號角聲也加入人們的狂叫聲中，人越來越多，全都湧向河邊，去迎接那兩個坐在敞篷車上的孩子，歡呼的村民拉著敞篷車，許多人簇擁包圍，一起往家裡前進，浩浩蕩蕩掃過大街，發出震天價響的歡呼聲。

整個村莊點亮燈，沒有人再睡回籠覺，這是小村莊有史以來最偉大的一夜。前半個小時，遊行隊伍穿過柴契爾家，抓著獲救的孩子猛親，緊握住柴契爾太太的手，想說些什麼又說不出，不停地流下眼淚，像下雨一般流得到處都是。

玻利姨媽的喜悅到了極點，柴契爾太太也幾乎如此；要是傳話的人能趕緊將好消息帶給洞穴裡的柴契爾先生，那她就更加快樂了；湯姆躺在沙發上，身邊圍著一群殷切的聽眾，聽湯姆娓娓道來整趟冒險的經過，當然湯姆不忘添加動人的情節，大大渲染一番，故事結尾，湯姆描述他如何將貝琪留在一旁，自己繼續尋找出路，他如何在風箏線所能及的範圍內走過兩條通道，然後又走到第三條通道，最後線不夠長了，就在他準備轉身回頭時，瞥見遠遠的地方像是日光的小點，放下風箏線，他往日光的方向走去，將頭和肩膀從小洞口擠出去，便看見寬廣、江水滔滔的密西西比河，萬一當時是晚上，就不可能有日光讓他發現洞口，他也不可能繼續探索那條通往洞口的通道，他繼續描述如何回頭找貝琪，告訴她好消息，當時貝琪叫他別拿這種玩笑來煩她，貝琪實在太累了，知道自己就要死了，而且她也寧可死掉，湯姆描述當時如何費力向她解釋，讓她相信，後來，貝琪走到看見透著日光的藍色小點時，簡直快樂得要命，然後他如何從洞口擠出去，接著把貝琪拉出來，他們坐在洞口外，高興地大哭，然後有一群人划著小船來到附近，湯姆向他們大叫，並解釋他們的狀況、幾天沒吃東西的情形，一開始那些人不相信這麼瘋狂的事，「因爲，」他們說，「這裡距離洞穴所在的山谷有五哩遠。」他們還是讓湯姆和貝琪上船，來到一個屋子，讓他們吃晚餐，休息一會兒，直到天黑後兩、三個小時，才帶他們回家。

天亮以前，傳話的人已經順著洞裡他們凡走過必留下的痲繩，找到柴契爾先生和一群與他同行的搜尋人員，並告知他們好消息。

湯姆和貝琪很快發現，在洞穴裡三天三夜的疲憊與飢餓，不是一下子就能恢復過來的，整個星期三和星期四，他們兩人都在睡覺，而且似乎越來越疲倦，星期四的時候，湯姆醒來晃一下，星期五到鎮上去，星期六已經可以整天在外遊玩，而貝琪沒有出門，直到星期日，整個人看起來好像大病初癒。

湯姆聽說哈克病了，星期五去探視他，但不被允許進入臥室，星期六和星期日也沒見到哈克，之後湯姆才被允許每天都可以見到哈克，但警告他不要談到洞穴裡那段冒險經歷，其他太過刺激的話題也要避免，寡婦道格拉斯太太老是陪伴在一旁，看看湯姆是否遵守規定。在家裡時，湯姆已經聽說卡帝夫山發生的事，也聽說那衣衫襤褸的男人被發現陳屍在河邊小

湯姆將頭和肩膀從小洞口擠出去，便看見密西西比河，
很開心終於找到出口了。

船靠岸處，可能是企圖逃跑時落水淹死。

湯姆從洞穴獲救之後，探視哈克兩星期以來，哈克逐漸康復，現在可以聽一些刺激的事情了，湯姆有些事想要告訴他，一定能引起他的興趣。前往探視哈克的途中，湯姆經過柴契爾家門，他順道去看貝琪，法官和幾個朋友和湯姆聊起來，其中一人語帶諷刺地問他：「還想不想再去洞穴啊？」湯姆回答：「也可以啊。」法官便說：「就是有你這種人，湯姆，我一點也不懷疑，沒關係，我們已經做了萬全準備，不會再有人到洞穴裡出不來了。」

「怎麼說？」

「因爲兩星期前，我已經叫人用熔鐵把洞穴的入口封起來，上了三道鎖，只有我有鑰匙。」

湯姆臉色發白，像白紙一樣慘白。

「怎麼了，孩子？來人啊！快！拿杯水來！」

水拿來了，潑在湯姆的臉上。

「你現在好多了嗎？湯姆，到底怎麼回事？」

「法官大人，印江·喬在洞裡啊！」

33 黃金再現

湯姆彎下腰，穿過裂口，狹窄的通道慢慢往下延伸，先右轉再左轉，然後大叫：「我的天啊！哈克，你看這裡。」

當洞穴的大門打開之後，那地方幽暗的光線下，一幅悲慘的景象映入眼簾，印江·喬四肢展開，倒在地上，死了，他的臉靠近門縫，彷彿渴望的目光緊緊盯著外面自由、明亮、充滿歡樂的世界，直到生命最後一秒；湯姆被這一幕深深感動，因爲他有類似的經驗，知道困在黑暗的洞穴裡是何種可怕的折磨，同情之心油然而生，然而同時，他也大大鬆了一口氣，覺得安心多了，這時他才發現，自從那天他在法庭提高音量指證這名血腥暴徒之後，龐大的恐懼感一直壓在他的心頭，縱使之前並未全然感受到。

印江·喬那把獵刀還在身邊，刀刃已斷成兩半，他費了好大的勁把門底下的橫木削開一個缺口，甚至鑿穿了，但徒勞無功，因爲還有一塊天然的岩石形成一道門框，遇上這麼堅硬的材質，獵刀根本沒有用處，反而弄壞刀子本身。其實就算沒有岩石擋在門外，所有努力還是白費了，因爲即使橫木完全被挖掉，印江·喬也不可能從門下擠出去，而他也知道不可能，他鑿穿橫木只有一個用意，爲了打發無聊的時間，爲了不讓備受折磨的身體停止活動，平時在門廊裡應該可以發現遊客留下來的五、六個蠟燭頭插在縫隙裡，但現在一個也沒有，困在這裡的人早已搜括一空，並吃來充飢；印江．喬也努力抓蝙蝠來裹腹，只留下蝙蝠爪子，這個可憐的傢伙，活活餓死了，附近一個地方有個石筍，是幾百年上方鐘乳石滴下一點一點的水，慢慢累積生長而成，困在這裡的印江．喬敲斷石筍，把一塊石頭挖個淺洞，放在石筍柱上，以便取用每三分鐘滴一次的珍貴水珠，伴隨著沉悶規律的滴答聲——二十四小時才有一湯匙美味的水。打從金字塔剛建好沒多久，當特洛伊城倒下沒多久，當羅馬帝國建立根基，當耶穌基督被釘上十字架，當征服者建立英國，當哥倫布起程出航，當來克星屯屠殺慘劇還是新聞時，水便已經滴滴落下一直到現在；當所有的事情沉沒在歷史之下，走向世代傳統的尾聲，步入遭人遺忘的漫漫長夜之後，水也將繼續滴下，如果每件事都有目的和使命，難道這水滴五千年來無止無休地滴落，只爲了滿足生命短暫如昆蟲的人的需求嗎？一萬年後，還有另一項偉大的使命要去完成嗎？這一點似乎也不重要，那將是好久好久以後的事了。打從這個不幸的混血兒在這裡挖石頭取水之後，若有人來此參觀道格拉斯洞穴的奇景，他將凝視這悲哀的石頭，還有那滴滴落下的水珠，久久無法離去，而印江．喬的石杯子將是洞穴的奇蹟之一，甚至「阿拉丁神殿」也無法與之比擬。

印江·喬被埋在洞口附近。人們走了七哩的路程，從鎮上、農田或山邊小茅屋，乘船或坐車前來，帶著孩子，準備各種糧食，並坦承參加這場喪禮，和目睹吊死刑一樣令人心滿意足。

有件事情因爲這場喪禮而停止進一步發展，那就是向州長陳情原諒印江·喬。大部分的人都簽署這份請願書，也舉辦多次會議，許多人掉下眼淚，慷慨陳辭，一群淚水豐沛的婦女被指派前往州長家附近，穿著喪服，哀悼哭訴，請求州長大發慈悲當個傻子，把職責置之度外，雖然印江·喬殺了五個人，但那又如何？就算他喪心病狂，還是有很多很多儒弱的人，準備簽名請求饒恕印江·喬，然後就好像淚管壞損，漏水永遠無法修復一樣，流下汪汪淚水灑在請願書上。

喪禮過後隔天早晨，湯姆把哈克帶到隱密的地方談些重要的事情，哈克已經從威爾斯曼和道格拉斯寡婦口中得知湯姆的經歷，但湯姆猜想有一件事他們一定沒告訴哈克，那就是他現在要說的事情。哈克的臉色一沉說道：「我知道什麼事，你跑到二號房間，結果什麼也沒發現，只有一堆威士忌酒，沒有人告訴我是你，可是我一聽到威士忌的事情，就知道一定是你，而且我還知道你沒找到那筆錢財，因爲雖然你對別人什麼也不說，可是一定會來告訴我，湯姆，我有一種感覺，那份贓物永遠也不會落入我們的手裡。」

「哈克，我還沒告發酒館老闆，我去野餐的那個星期六，酒館還好好的，還記得嗎？那晚你在那附近看守。」

「沒錯，彷彿是一年以前的事了，就在那個晚上，我跟蹤印江·喬到寡婦家。」

「你跟蹤他？」

「是啊，你可別說喔，我猜印江·喬和他朋友分頭各自逃跑，我不希望那些人回頭找我麻煩，要不是我，現在他已經到德州去過好日子了。」

接著，哈克一五一十將那天發生的事告訴湯姆，而威爾斯曼只告訴湯姆其中一部分。

這時，哈克回到主要問題，說道：「一定是二號房間喝威士忌酒的那些人，把錢弄走，準沒錯。我只能說，一筆財富飛了。」

「哈克，那筆錢從來沒有放在二號房間。」

「什麼？」哈克仔細看一看好夥伴的表情，「湯姆，難道你已經找到錢了嗎？」

「哈克，錢在洞穴裡。」

哈克的眼睛為之一亮。

「再說一次，湯姆。」

「錢在洞穴裡。」

「湯姆，別瞎說啊，你是開玩笑，還是認眞的？」

「眞的，哈克，我一輩子從未這麼認眞，你要不要和我一起去幫我把錢弄出來？」

「沒問題，只要我們能一路標上記號，不會進得去出不來，我一定和你去。」

「我們一定可以出得來，不費吹灰之力。」

「那就好。你怎麼會知道錢在洞穴裡？」

「哈克，等我們到了洞穴，你就明白了，如果我們沒找到錢，我答應把鼓和其他我所擁有的東西都給你，我發誓。」

「好，一言爲定。你說什麼時候去？」

「如果你覺得可以，現在如何？你身體行嗎？」

「距離洞口很遠嗎？這三、四天我已好很多了，但超過一哩以上，恐怕走不動，至少我覺得沒辦法。」

「距離洞口約五哩，除了我有本事走一趟之外，沒有人能辦到，但有一個非常短的捷徑，除了我之外，沒有人知道，哈克，我會帶你乘坐小船到那兒，由我來划船，回來的時候也由我一個人拉回來，你完全不需要動一根手指頭。」

「那我們立刻出發吧，湯姆。」

「好的，但我們需要一些麵包、肉和菸斗，一、兩個小袋子，還有兩、三條風箏線，再加上一些他們稱爲洋火的新玩意兒，我告訴你，之前我在洞裡時，好幾次眞希望身邊帶著一些洋火。」

中午過後沒多久，兩個人向一位不在場的主人「借」了一艘小船，隨即上路，當他們來到「空心穴」下游幾哩的地方時，湯姆說：「你現在看到的高壁，從空心穴一路走來，都是一模一樣，沒有房舍，沒有樹林，沒有草叢，你瞧那邊高處白色的地方，那兒有一塊山崩坍，那就是我的記號，現在我們要上岸了。」

兩人便靠岸。

「哈克，由我們現在站的地方，你可以用釣魚竿搆到一個小洞口，那是我逃出來的地方，看看你是否能找到。」

哈克四處尋找，但沒有任何結果，湯姆很得意地走到一堆濃密的五倍子樹叢說：

「就在這裡，你瞧，哈克，這是全世界最隱密的地方，你可別說出去喲，一直以來，我想做個強盜，但我知道我必須有個像這樣的地方，費了工夫找也找不到，可是現在有了，我們一定不要說出去，頂多讓喬伊．哈波和班恩．羅傑知道，因爲我們得有自己的一幫人，不然一點也不像強盜的作風，湯姆．莎耶幫，聽起來很炫，是吧，哈克？」

「的確很棒，可是我們要搶劫誰呢？」

「喔，任何人都可以搶啊，攔劫路人，一般強盜都是這樣。」

「然後殺了他們？」

「不需要，不必每次都殺人，把他們關在洞裡，直到交付贖款為止。」

「什麼是贖款？」

「就是錢啊，你威脅他們或他們的朋友交出錢，如果錢遲遲付不出來，你把他們拘留一年之後，殺了他們，這是一般強盜的作法，但是絕不殺女人，你只要她們閉嘴，但不殺她們，女人總是那麼美又那麼有錢，而且她們常常怕得要命，你剝奪她們手錶和身上的財物就夠了，但在她們面前仍然要摘下帽子，說話也得客客氣氣，沒有人像強盜一樣有禮貌，你看任何書都是這樣描述，還有那些女人最後會愛上你，等她們在洞穴裡待上一、兩星期後，就不會再掉眼淚了，之後你也趕不走她們，要是你勉強趕她們走，不一會兒她們又掉頭回來，所有的書都是這樣寫的。」

「湯姆，聽起來真是棒呆了，比當海盜還要好。」

「是啊，在某些方面是比較好，至少比較接近家，還有馬戲團等等。」

這時，一切都準備好了，兩個人進入洞穴，湯姆帶頭，兩人很費力地往地道另一端前進，然後把捻接起來的風箏繩子牢牢綁住，再繼續前進，走幾步路便到了泉水處，湯姆感覺一陣寒顫通過全身上下，他指出牆邊一團土堆上蠟燭芯的殘餘，讓哈克瞧瞧，並描述當時他和貝琪如何看著火燄忽起忽落，最後完全熄滅。

接著，兩個男孩安靜下來，輕聲細語交談，因爲這裡的寧靜與陰沉重重地壓迫兩人的情緒，他們繼續往前走，進入湯姆指出的另一條通道，一直走到凹陷的陡坡，在蠟燭照明下，他們清楚發現原來那並不是崖壁，只是垂直的土丘，約二十或三十呎高，湯姆輕聲地說：

「現在，我要給你看個東西。」

他高高舉起蠟燭說：「現在，往轉角地方看去，越遠越好，有沒有看見？就在那裡，那邊一塊大石塊上，蠟燭煙燻的記號。」

「有，是十字架。」

「現在，想一想，二號房間在哪裡？在十字架下方，是吧？我看到印江．喬在那邊伸出蠟燭來。」

哈克瞪著，看那神祕的符號，一會兒後，他語帶顫抖地說：

「湯姆，我們趕快離開這裡吧。」

「什麼？也不管寶藏嗎？」

「是的，別管寶藏了，印江・喬的鬼魂就在那附近，眞的。」
「沒有啦，哈克，他不是死在那個地方，他死在洞口，距離這裡五哩遠。」
「不是啦，湯姆，他的鬼魂會在寶藏附近盤旋，我很清楚鬼的行徑，你也很了解啊。」
湯姆開始擔心哈克說的沒錯，種種不安浮現腦海，但他又突然靈機一動。
「哈克，我們眞是被自己愚弄了，印江・喬的鬼魂不可能出現在一個有十字架的地方。」
這話很有道理，果眞起了作用。
「我沒想到這點，但的確如此，我們眞幸運，多虧有十字架在，我想我們得爬到那邊去，然後好好找一找那個箱子。」
湯姆走在前面，一邊走下坡，一邊在黏土陡坡上挖出簡略的階梯，哈克跟在後面，由大石頭所在的洞窟分出四條走道，湯姆和哈克檢視其中三條，但看不出所以然，他們在大石頭底部附近的通道上，找到一個小小的窩，裡頭有一塊毯子鋪成小小的床，還有一只舊掛籃、一些燻肉皮、一些啃得精光的骨頭，約是兩、三隻雞的分量，但怎麼找就是沒有裝錢的箱子，兩人到處找了又找，始終沒有結果，湯姆於是說：
「他曾經說過在十字架下，嗯，距離十字架下方最近就是這裡，他不可能直接放在大石頭下面，因爲石頭緊緊貼著地面，沒有空隙啊。」

他們又再一次，四處搜尋，最後很洩氣地坐下來，哈克想不到什麼辦法，沒多久，湯姆說：「哈克，你看這裡有一些腳印，大石頭這一面附近的地上還有些蠟油，其他地方卻沒有，怎麼會這樣？我敢打賭，錢就在大石頭正下方，我來挖挖看。」

「湯姆，這是很好的線索。」哈克興奮地說。

湯姆立刻拿出如假包換的巴羅刀，還挖不到四吋深，他已經挖到木頭。

「哈克，你有沒有聽到？」

哈克也開始挖土，用手拚命翻土，沒多久，他們發現幾塊木板，並把木板搬出來，木板掩飾底下一個通往石頭正下方的天然裂口，湯姆拿著蠟燭盡可能往裡探頭看，但無論如何，就是看不見盡頭，於是他提議進去一探究竟，湯姆彎下腰，穿過裂口，狹窄的通道慢慢地往下延伸，湯姆隨著蜿蜒的通道走去，先往右轉再往左轉，哈克緊跟在後，不久之後，湯姆彎過一個弧形轉角，接著大聲叫喊——

「我的天啊！哈克，你看這裡。」

果然是那只裝滿寶藏的箱子，安全地窩在一個舒適的小石窟裡，旁邊還有一個空火藥桶、兩支套著皮套的槍枝、兩三雙印第安人的舊皮靴、一個皮腰帶，還有一些被水淋濕的垃圾。

「終於找到了，」哈克說，用手耙梳那些變色的金幣，「我的天啊，我們發財了！湯姆。」

「哈克，我始終覺得一定能找到，眞是難以相信，但我們眞的找到了，嘿，不要停留在這裡太久，我們把箱子抬出去，我試試看能否抬得動。」

箱子約有五十磅重，湯姆東倒西歪勉強可以抬得起來，但是無法輕鬆地抬著走路。

「我早就想到了，」湯姆說，「那天在鬼屋，我就注意到他們搬箱子的樣子，好像很重，我想我帶這些小袋子來是對的。」

很快地，錢都放進小袋子裡，兩人帶上去，回到十字架的石頭。

「我們再把槍和其他東西拿出來。」哈克說。

「不要，哈克，那些東西留在這裡，下次我們來當強盜時，正好可以派上用場，把東西留在那兒，還可以在那兒舉行狂歡，那個地方很舒服，很適合狂歡。」

「什麼是狂歡？」

「我也不知道，但是強盜一天到晚舉行狂歡，所以我們當然也要舉行，走吧，哈克，我們來這裡好久了，我想一定很晚了，而且我也餓了，等到我們上了小船，再好好吃喝一

「終於找到了，」哈克說，用手耙梳那些變了色的金幣，
「我的天啊，我們發財了！湯姆。」

頓。」

隨後，他們鑽出洞口，一堆五倍子樹叢中，小心地左右張望，發現河邊沒有人，趕緊上小船，然後吃東西，抽根菸斗，等到太陽西下，就要沒入地平線時，才撐船離岸回家去，整個黃昏時候，湯姆往上游划船，愉快地和哈克聊天，天黑不久便上了岸。

「哈克，我們待會兒，」湯姆說，「把錢藏在寡婦家柴火棚的頂樓，明天一早我去找你，數數多少錢，兩人平分，然後我們再到樹林裡找個安全的地方藏起來，現在你安靜地待在這裡看著東西，我去找班尼泰勒的小推車，一分鐘就回來。」

湯姆話一說完便消失無蹤，隨即帶著推車回來，把兩個袋子放在推車上，上頭用一些破布蓋著，兩人便出發，身後拖著推車，抵達威爾斯曼家門前時，兩人停下來休息，正當他們準備繼續往前走時，老威爾斯曼走出來說：

「哈囉，是誰在那兒？」

「是哈克和湯姆。」

「太好了，你們和我一起來，每個人都在等你們呢，來吧，快點，往前跑，我會幫你們拉推車，奇怪了，推車不輕，挺重的，上面裝什麼？磚塊還是破銅爛鐵？」

「破銅爛鐵。」湯姆說。

「我想也是，鎮上的男孩寧可辛苦一些，花多一點時間撿破鐵片，賣給鐵工廠賺六毛錢，也不願找正常的工作，還可以賺雙倍工資，這就是人的天性——快點，快點。」

湯姆和哈克很想知道到底什麼事那麼急。

「不要急，到了道格拉斯寡婦太太家你們就明白了。」

哈克一向被人冠上無端的罪名，所以語帶焦慮地說：「瓊斯先生，我們什麼也沒做啊。」

威爾斯曼笑了起來。

「這我可不知道，哈克，我不清楚怎麼回事，你和寡婦不是好朋友嗎？」

「是啊，她一直都是我的好朋友。」

「那就對啦，你還有什麼好怕的？」

哈克遲緩的腦筋還是沒想通，而他和湯姆已經被人推著，進入道格拉斯太太家客廳，瓊斯先生把推車停在門外附近，接著也進去。

客廳裡燈火通明，村莊裡重要的人物都到齊了：柴契爾一家人、哈波一家人、羅傑一家人、玻利姨媽、席德、瑪麗、牧師、主編，還有好多好多人，全都穿上他們最好的衣服，寡婦滿心歡喜地接待哈克和湯姆，無論是誰接待如此邋遢的人，最多也只能這麼熱情，他們兩人滿身都是泥巴和蠟油，玻利姨媽十分羞愧，滿臉通紅，不禁皺起眉頭對湯姆搖搖頭，然而沒有人比這兩個男孩更加難受了，瓊斯先生開口說道：「湯姆剛剛不在家，我早就放棄找他，沒想到就在我家門口，遇見他和哈克兩人，於是我急忙把他們兩人帶來。」

「你做得沒錯，」寡婦說，「來，孩子，跟我來。」

她帶著兩人到房間去，說：「現在你們先梳洗一番，然後換上乾淨的衣服，這裡有兩套新衣服，上衣襪子樣樣俱全，兩套都是哈克的，不要說謝謝，哈克，一套是瓊斯先生買的，一套是我買的，兩套大小都很合適，你們兩人穿上新衣服，我們等你們一身乾淨之後下樓。」

說完她便離開了。

34 意外的驚喜

看到這一幕，所有人都屏住呼吸，目瞪口呆，然後一致要求湯姆解釋，錢從哪兒來？

哈克說：「湯姆，我們可以溜走，只要我們找得到繩子，窗戶距離地面並不高。」

「胡說，你何必要溜走呢？」

「我不習慣那麼多人嘛，我受不了，我不想下樓，湯姆。」

「我的好兄弟，那算不了什麼，我一點也不緊張，我會好好照應你。」

這時，席德出現。

「湯姆，」他說，「姨媽整個下午都在等你，瑪麗也把你上主日學校的衣服準備好了，每個人都爲你著急，嘿，你身上的髒東西不是黏土和蠟油嗎？」

「席德先生，管好你自己的事吧，話說回來，這到底是怎麼一回事？」

「寡婦太太舉行的聚會，她常常舉行聚會啊，這一次是爲了威爾斯曼和他兒子，感謝那一晚幫她脫離險境，我還可以告訴你一件事，如果你想知道的話。」

「什麼事？」

「老瓊斯先生今晚要給大家一個驚喜，可是今天我不小心聽到他跟姨媽提到這件事，是個祕密喔，但我猜現在已經不是祕密了，每個人都知道了，寡婦也知道了，雖然她假裝不知情的樣子，而且你知道嗎？瓊斯先生一定要先把哈克找來，沒有哈克，這個祕密的驚喜就沒意思了。」

「到底是什麼祕密，席德？」

「關於哈克跟蹤強盜到寡婦家的祕密，我猜瓊斯先生一定準備隆重地公布這份驚喜，結果到頭來平凡無奇。」席德很得意滿足地呵呵笑。

「席德，是你說出去的嗎？」

「別管誰說出去，總之有人說出去，這就夠了。」

「席德，整個鎮上只有一個人才會這麼卑鄙，做這種事，那就是你。你想想，若你是哈克，你一定偷偷溜下山，不向任何人告發強盜，你只會做卑鄙無恥的事，而且受不了看見別人因爲做好事而受到讚揚，套句寡婦說的話，不必謝我。」湯姆揪起席德的耳朵，把他推出門外，連帶還踢了幾下，「去吧，有膽就向姨媽打小報告，明天你就遭殃。」

幾分鐘後，十幾位客人上餐桌坐著，依照當時當地的風俗習慣，小孩在同一個房間坐在一旁的小桌。趁著適當的時機，瓊斯先生起身，發表一段小小的演說，他感謝寡婦給他及兒子這麼大的榮耀，同時他說，還有另一個人十分謙虛——

如何又如何，說了一堆，並用他擅長的誇張方式揭露哈克參與其中的祕密，這祕密引起的驚喜大部分是假裝出來，不像一般歡樂的情況下，那樣熱鬧充沛，然而寡婦還是做出十分驚訝的表情，然後大大讚美哈克，並表示對他的感激，讓哈克幾乎忘記穿新衣服的不適感，及成爲大家注目焦點讚美對象的尷尬。

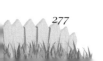

寡婦接著說，她想要給哈克一個家，讓他受教育，她願意省下錢，將來幫他經營小本生意，這時湯姆逮住說話的機會，他說：「哈克不需要您的錢，他現在發財了。」

所有的客人爲了不失禮貌，努力克制自己，才沒有因爲這有趣的笑話而發出適時恭維的笑聲，但大家的沉默也實在太詭異了，湯姆打破沉默說：「哈克有錢，你們也許不相信，但他眞的有很多錢喔，你們別笑，我去拿給你們看，大家等一等。」

湯姆跑出門，大家面面相覷，並疑惑地看著哈克，而哈克彷彿舌頭打結般，一句話也說不出來。

「席德，湯姆又在發什麼神經？」玻利姨媽說，「唉，這孩子總是讓人想不透，我從未能……」

玻利姨媽話還沒說完，湯姆已經進門，費力抱著兩袋重重的東西，把袋子裡一堆金黃色的東西倒在桌上說：「瞧，我說過了，這裡一半是哈克的，一半是我的。」

看到這一幕，所有人都屏住呼吸，目瞪口呆，一時之間說不出話來，然後大家一致要求解釋，錢從哪兒來？湯姆說他可以解釋，而他一五一十把事情交代清楚，故事很長但充滿趣味，幾乎沒有人插嘴打斷這一段令人著迷的故事，當他說完之後，瓊斯先生說：「我還以爲我準備的驚喜很了不起，現在看來根本算不上什麼，我承認湯姆的故事讓我安排的驚喜相形失色。」

錢算一算總共超過一萬兩千元，在場任何人從未一次見到這麼多錢，當然其中幾位人士所有的財產的確超過這個數字。

35 成立強盜幫

入幫儀式，必須在午夜舉行，在最幽靜、最可怕的地方舉行，鬼屋是最好的選擇。

讀者大概可以確信，在聖彼得堡這個小小的窮鄉僻壤，湯姆和哈克發財的事可能造成多大的轟動，數目這麼大，又都是現金，幾乎讓人無法置信。眾人興高采烈地談論這件事，同時大大頌揚一番，結果許多村民興奮過頭，損害了健康，頭腦變得不清不楚。聖彼得堡和鄰近的村莊只要是鬼屋一定遭人解體，木板一片又一片地剝下來，根基也被挖起來，搜遍每個角落就是爲了找出藏匿其中的寶藏，不是男孩來尋寶，而是男人，其中有一些男人還是相當嚴肅，想法務實，一點也不浪漫的人。不管湯姆和哈克走到哪，總是受人包圍、讚美、仰慕，兩人實在想不起來以前講話有過任何份量，但現在不管他們說什麼，別人必定洗耳恭聽，而且一再重複，不管他們做什麼事，都被認爲了不起，顯然他們已經失去做或說平凡無奇的事或話的能力，此外，還有人挖掘兩人過去的歷史，並發現的確有顯著的原創新意，村莊發行的報紙刊登關於兩人生平的文章。

道格拉斯寡婦將哈克的錢拿去以六分息存起來，柴契爾法官也在玻利姨媽的要求下，將湯姆的錢做了同樣的處理，現在兩個男孩有固定的收入，只能說還算富裕——一年之中，星期一至五和一半的週末，每天都有一塊大洋，剛好是牧師平日所得，不對，應該說人家答應給他這麼多，但他通常收不齊。以前日子很簡單，一星期一元兩角五分就足以供小男孩膳宿上學，還可以包含穿著洗衣的費用。

柴契爾法官對湯姆的印象非常好，他說平凡人是無法將他女兒從洞穴中救出來的，當貝琪非常祕密地告訴她父親，湯姆如何在學校頂替她挨打時，法官感動的心溢於言表，湯姆爲了代替貝琪承受責罰而說出天大的謊言。貝琪爲此祈求父親原諒湯姆，這時法官突然迸出一些話，說那眞是個情操高尚、慷慨、寬宏大量的謊言，一個絕對抬得起頭、昂首闊步的謊言，甚至可以和砍倒櫻桃樹的喬治·華盛頓所頌揚的實話相提並論，貝琪看到父親踱步走在地板上，說出這番話時，她心想，父親從未如此崇高神氣，她立刻跑出去告訴湯姆這件事。

柴契爾法官希望將來湯姆能成爲一名律師或將軍，他說他有意安排湯姆進入國立軍校就讀，畢業後再到全國最好的法律學校受教育，那麼便可以栽培他成爲一名律師或將軍了。

哈克貝瑞·芬有了錢財，又有道格拉斯寡婦的保護，引薦他進入一般社會生活，喔，不對，是邊拖邊拉才使他進入正常生活，而他所承受的苦難遠超過他所能容忍的限度，寡婦的僕人努力保持哈克一身整齊乾淨，幫他梳頭髮、洗澡，晚上爲他蓋上沒有一絲污點、沒有一點感情的棉被，哈克無法抱緊棉被、壓在胸口，感覺不到老朋友的味道，他必須拿起刀叉吃東西，必須使用餐巾紙、杯子、盤子，必須要唸書、上教堂，講話必須得體，結果從他嘴巴出來的話變得枯燥乏味，一轉身，發現文明的鍊條把他關了起來，綁手綁腳。

就這樣，哈克勇敢地扛起悲慘的生活度過三個星期，然後有一天，突然失蹤了，整整四十八個小時，寡婦非常傷心地四處尋找，所有的人都十分擔心，大家四處尋找，甚至拿魚網在河邊拖曳，希望能找到他的屍體。第三天一早，聰明的湯姆．莎耶跑去棄置的屠宰場後面一些空桶子看看，就在其中一個空桶子發現哈克躲在裡面避難，哈克這兩天都睡在那兒，他剛剛吃完偷來的剩菜剩飯當早餐，現在正躺在那兒舒舒服服地抽菸斗，一身髒亂蓬頭垢面，穿的是以前破爛的舊衣服，過去當他自由自在快樂無比時，就是這一身破爛讓他顯得有趣。湯姆把他拉出來，告訴他惹出什麼麻煩，勸他趕快回家，哈克的臉立刻失去平靜的滿足神情，露出憂鬱的眼神。他說：「湯姆，別再說了，我試過了，沒有用，湯姆，沒有用啦，那種生活不適合我，我不習慣啦，寡婦對我很好很友善，可是我受不了他們的方式，她要我每天早上同一時間起床，要我清洗乾淨，他們還用力把我頭髮梳整齊，還不准我睡柴火棚，我得穿上他們準備的衣服，難過死了，湯姆，那衣服穿起來好像透不過氣似的，衣服那麼好，我根本不能坐下，不能躺下，也不能到處滾來滾去，我有多久沒溜到地窖去，嗯，好像好幾年了。我得上教堂去，眞是找罪受，活受罪啊，我恨透那些狗屁不通的講道，在那裡不能捉蒼蠅，不能嚼東西，整個星期天還得穿鞋子。寡婦吃飯睡覺起床都是按照一定的時間，每件事都這麼規律，我受不了啊。」

「哈克，每個人都是這樣生活的。」

「湯姆，那又怎樣，我不屬於每個人中的一份子，我就是受不了，好像被綁起來一樣，好可怕，吃的東西來得太容易了，我一點也不喜歡這樣，如果我要去釣魚，我得先問她，要去游泳也得先問她，有哪一件事不需要經過她的同意？我還得斯斯文文地說話，簡直難過得要命，每天我都得溜到頂樓去隨口大罵，發洩一下才行，寡婦也不准我抽菸，不准我大吼大叫，不准我張大嘴，不准我在人前伸懶腰或抓癢，（一陣很苦惱很委屈的顫抖），還有呢，眞是活見鬼了，她一天到晚都在禱告，我從沒見過這種女人，我不得不開溜啊，湯姆，我得這麼做，再說學校就要開學了，她一定要我去上學，我受不了，湯姆，你瞧，發財並不像人說的那樣快活，一天到晚煩惱得要命，活受罪，還不如死掉算了，現在我這一身衣服很適合，我這個桶子睡起來挺舒服的，我打定主意絕不要離開它們，湯姆，要不是那些錢，我也不會惹上這些麻煩，我的錢全都歸你好了，偶爾給我幾分錢就行了，也不必常給，不是花工夫得到的東西我也不屑一顧，你去幫我向寡婦說再見吧。」

「哈克，你知道我不能這麼做，這不公平吧，而且你要是再多試幾天，你就會慢慢喜歡這種生活方式了。」

「喜歡！是啊，如果我坐在熱火爐上，時間一久，我也會喜歡吧，不要，湯姆，我不想當有錢人，也不想住在受詛咒、悶死人的房子裡，我喜歡樹林、河流、木桶，我永遠也不離開我喜歡的東西，眞倒楣，誰叫我們剛好有槍，有洞穴，又剛好準備要去當強盜，才會發生這些事情，把一切都搞砸了。」

湯姆眼見機會來了。

「你想一想，哈克，發財並不會妨礙我當強盜。」

「不會吧，太好了，你是認眞的嗎，湯姆？」

「千眞萬確，就像我現在坐在這裡，一點也假不了，但是，哈克，如果你是個無名小卒，我不能讓你加入。」

哈克空歡喜一場。

「爲什麼不能讓我加入？你以前不是讓我參加海盜嗎？」

「是啊，但不一樣嘛，強盜比海盜高尚啊，一般說來都是這樣，在許多國家裡強盜都是高高在上的貴族，像是公爵之類的。」

「湯姆，你不是一向都對我很好嗎？你不會把我擋在門外吧，是不是？你不會這麼做，對不對？湯姆。」

「哈克，我也不想，我眞的不想，但人家會怎麼說呢？他們很可能說，哼，什麼湯姆．莎耶強盜幫，根本是獐頭鼠目之輩，他們指的是你啊，哈克，你不喜歡這種事情發生，我也不喜歡。」

哈克沉默了一陣子，內心十分掙扎，最後說：「好吧，湯姆，如果你答應讓我加入強盜幫，我願意回寡婦家去，再試試一個月，看看我能不能忍受。」

「很好，哈克，一言爲定，走吧，老夥伴，我會向寡婦求情，讓她別對你那麼嚴格。」

「眞的嗎？湯姆，你會爲我求情嗎？太好了，如果她可以放鬆一些規矩，讓我私底下抽菸說髒話，我一定拚命熬過去，死了也沒關係，你什麼時候要成立幫派開始當強盜？」

「哦，馬上，今天晚上就把所有男生找來舉行入幫儀式。」

「舉行什麼？」

「入幫儀式。」

「那是什麼？」

湯姆幫即將成立，他們不是獐頭鼠目，
而是公爵貴族。

「就是大家排排站著，發誓絕不洩漏幫派祕密，即使粉身碎骨也不說出去，而且只要有人傷害幫裡的兄弟，我們要去殺他全家報仇。」

「聽起來很棒，眞好玩，湯姆，眞的。」

「我想也是，而且發誓大會必須在午夜舉行，在最幽靜、最可怕的地方舉行，最好是鬼屋，可是現在鬼屋全被拆了。」

「不管怎樣，午夜已經很好玩了，湯姆。」

「的確是，我們還得在棺材上發誓，然後以血簽名。」

「聽起來更好玩了，比海盜好玩一百萬倍，我一定會在寡婦家撐下去，直到我死爲止，如果有一天我成了頂頂大名的強盜，人們開始談論我時，她一定會感到無比驕傲，很高興當初拉我一把。」

想一想

從第一章到最後一章，你覺得湯姆性格哪裡改變了？那些經歷影響了他？

愛藏本070

湯姆歷險記
The Adventures of Tom Sawyer

作　　者｜馬克・吐溫（Mark Twain）
譯　　者｜鄧秋蓉

責任編輯｜郭玟君
校　　對｜毛雨嵐
插　　畫｜簡佳安
封面設計｜言忍巾貞工作室
美術編輯｜張蘊方

創 辦 人｜陳銘民
發 行 所｜晨星出版有限公司
台中市407工業區30路1號
TEL：04-23595820　FAX：04-23550581
E-mail: service@morningstar.com.tw
http://www.morningstar.com.tw
行政院新聞局局版台業字第2500號
法律顧問｜陳思成律師
郵政劃撥｜22326758（晨星出版有限公司）
服務專線｜04-23595819#230

印　　刷｜上好印刷股份有限公司

出版日期｜2016年03月15日
定　　價｜定價280元，特價199元
ISBN 978-986-177-994-2
Printed in Taiwan

國家圖書館出版品預行編目資料
湯姆歷險記／馬克・吐溫（Mark Twain）著；鄧秋蓉譯
. -- 二版. --臺中市：晨星，2016.03
愛藏本；70
譯自：The Adventures of Tom Sawyer
ISBN 978-986-177-994-2（平裝）
CIP 874.59　105000543